JN330065

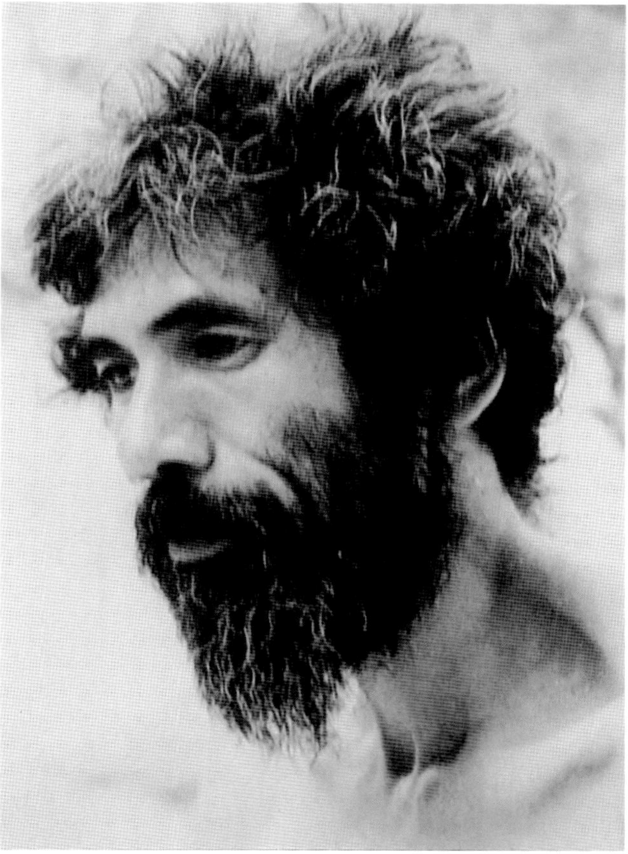

©Gary Snyder

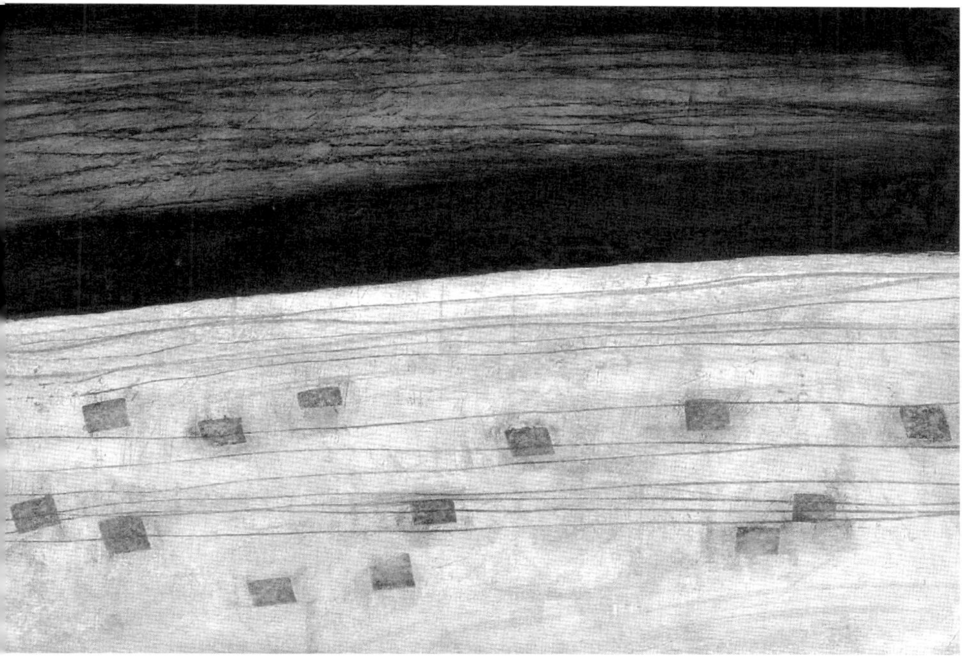

ココペリの足あと

ななおさかき

思潮社

ココペリの足あと

ななおさかき詩集
1955-2005

原 成吉 編

目次

道の歌　———『犬も歩けば』

岩の祈り　———『犬も歩けば』

ココペリの足あと　——未発表

カバー、扉装画＝高橋正明
本文挿画＝ななおさかき
装幀＝思潮社装幀室

ココペリの足あと

作品第1

アイラヴユーとたそがれるマヌカンの白いウィンクまじりの吹雪にざらついて滝が七つある乳房をくぐり夜には広がる一か八かの瀬の音が岩肌をかきむしる指先の焼け残りをたどって悲しいロバを連れたマリアの情夫がやにくさい蛇口を開いてヤッホーだが半円形の誤解からダンスホールのスロープが舌車とザーメン車につまづいてなぜ燃えさしの処女が土砂降りの雨がえるなのか太陽を削って作る茶柱と水平に廻ってへそくった陣痛の終わりに奴隷から4番目に住む身長と商法の駅前にはパンパンの雷文にきらめくベゴニアの鼻を伸ばし希望まみれの芋虫を串につなぐミスプリントな天候なのだとある日海が割れるクレーンが強直する飢えた魂のコッペパンと黒い借金のクマザサにからんでケルンの崩れるビル街に立ち枯れる種馬の平ったいアリバイをサルオガセの階段にかける気むずかしい峠なのでトカゲにふるえる貞操の尻尾が百年を曲がらぬうちに雑談の沢からアルペンローズへなだれる虹の精子の赤い週間に時計にさざめく落石を数え揚羽蝶にはあさいアイゼンの歯型どおりに健康な第三の足をたかめ糸の切れた前科としゃちほこばった便秘に破産する地球儀から斜めにアーチ型のイザコザが冷蔵庫いっぱいの恋人たちの盛りだくさんな松やにと続いてうぶな磁石の南を向けば生理の奥の三次方程式でガスタービンのろれつがだれでも姉さんのやっこだこにドラムの胸がうずく墓場のニキビに昨日を掘り出し指をそろえて俳句を鳴らす吸いがらの長さを比べちびた停年の筆がかげろうのしぶきに咲いて毛虫とパチンコのラバにおぼれる銀河系の主軸に賛成するかどうか悪感とこだまの

さえずる化石のままの人類愛の反射では月の槍のとどろくジンタに夜のない喪服をぬいですき間だらけの責任の帆柱と死刑の正中線にぶらさがる質流れの英雄たちに溶けやすくオシメから降り続く涙の谷でそういうお前はハッパを口に裸体が好きだ……

1955年
奥秩父

作品第2

四つの雨季の底でテメエはなんだ出べそに伸びるヘゴのウロコだと黒い乳房に毛深いガジュマルの長いアカンベーに蝮が満腹の女たちでパイパンの曇り空からひび割れるスコールの斜辺を急ぐ立ちぐされのパーマネントだから旧約以前の仰角でみみず晴れの快晴をぶったぎる屋久杉と雷鳴との双昌が初潮の森の十字架と母親たちのジャンダルムにはじける冷たい裸体美のままパッションフルーツにからみついてジャングルの終わらない週刊誌の馬面に広がりうずまく落丁とらっきょうの焼け跡に飛魚の固くなるドルメンと回虫に引火する姫ねずみの耳にけばだつ蠅取紙のレコードに刻みこむ豚とサンパンとの定期便の次はこれが人類だとバナナに青む童貞の丘がうぐいすの遠いぜん息を掘り起こすかび臭い方言のひとしずくに積もって台風と渡り鳥を吹き分ける花崗岩のざらつく胎盤から立ったまま下着をぬらす鹿と石南花の血液型を踏んで大谷渡りに根づく非合法なオペラグラスにかすむ昼寝の掛け値なしに深い糖分の嘘がしぶいて占星術では執行猶予の夏のカンナの火あぶりに夕映えるガレと垂直に安いヒップへ特売場の小刻みな秒速と続いて花ガルタの順列では良心の白味に寄生する原色の怒りの島伝いに紫外線を洗う鯖節によどむ櫛から進んで恥をかきたいメロディーとなって息の切れる糸くずが倒木だらけの君の沼地にサラリーの皮をむく礼儀正しい音速でなぜいけないか夜光虫とモーションつきの記憶のせいで錆ついた鏡の仮面に苔むす松茸の風速は凝固するレンズと層雲の倍額で天蓋も黄味だらけの海をめぐって僕らと年輪との間に流れる複数のメンス……

1955年
屋久島

作品第3

ベコの舌ずりに骨がらみのスラックスで這松と満開の夏至のやぶ蚊に曇る硫黄にしぶく新月の三叉路へ大蕗のけちなオクタン価のよだれにからむダニをまぶし積雲のステップに咲きほこる他殺の歩どまりで待ってくれカラスとやぶにらみの沢の隣は雪渓のバックミラーにカールするひぐまのうず高い宿便の岩場をくぐり岳カンバの鈴になだれるブロッケンの入歯とガス臭い人情のマタタビを裂きたがるミミヅクの北緯を横切りフェーンの三角波にざわめく集塊岩の耳よりなアマツバメの扇状地へユニゾンで風化を急ぐ狼の静脈とぴくついてオーバーハングが加里のシミを抜く象皮病のベンチに並び根雪に隈どる浜なすの潮目とジグザグのあざらしを焼けばポニーテールの瀑布を積んで国境へみぞれる自画像のかかとに帳尻を重ねる流氷の鈍角な刑期ばかり……

1956年
知床半島

作品第4

立ち上がれ蛇どもビロウにくねるシツケをはじき破れかぶれの芭蕉にひもじいパンティの葉脈は高利に焦げつく黄砂に乗るかそるかの帆を刻むパパイアを滑りこま切れの雨量のキールから潮騒の星と錨に際どい暗礁の耳をふさいで椿に血走る菊目石の胸毛にもたつくいがらっぽい夏ミカンに猫っかぶりの屋根の石だと猿とパントマイムの自乗の崖に目を向きたがるその場限りの赤い預金の尻をめくってネオンにうなずく造花の首に数珠を廻す座高どおりの蟻の林にあくび混じりのソテツのアイシャドウがぬらつく人相の西瓜と仁義のつるからブーゲンビリアが南中する噴火を待って豚もたまらぬ桜吹雪の波がしらに渦巻くラーメンと和音づくめの跣を脱げば樟脳入りの初夜にきな臭い温度の田をこいで棕櫚を吐き尽くす暖流の次に時差を裏切るポンビキの北限……

1957年
ジス・イズ・ジャパン　その1

Opus 101

空のエメラルドグリーン
レプラの海
浅ましい夢だ
　　　いつも　はしけが——

逃げよう
始まったばかりの　臆病
魂の　オムツをぬいで

始まったのは　契約さ
舞台の終わりに　お前の影と
ためらいの谷川　さかのぼり
スピッツくさい　正月に帰って
焼けぼっくいに　愛撫の夕なぎ
言葉に　やさしい朝霧を
ふやけた未来が　のぞきこむ
　　　なに　コオロギの　ひと飛びさ

いや　永遠なぞ　豚の夜食
俺ぁ　三太だ
俺ぁ　喰った　夏にあふれる　沈黙を
コロッケを　人類史の陰毛を

ぬかるむ火口を　胎盤ごと　飲みほそうと

真冬の湖に　眠り疲れて　沈もうと
キッチンは　ねずみたちのクリスマス
渚に歌う　どぶろく
鼓膜に寄せる　ゲロ　ゲロ　ゲロ
さあ　景気よく　地吹雪だ
腹いっぱいの落石を
幸福めが　呼び戻す
コーヒーだ　ビジネスだ　信仰だ
時間表に降り積もる　真っ赤な　うその唐辛子

それでも　笑顔だ　できるなら
お次は　カレンダーの　かさぶた
めくれば　そいつが　アイ　ラブ　ユー
気をつけろ　梅毒の三日月
裸の先生だ　不幸の伝書鳩だ
公園の大時計
お前と　お前の石像の　太陽への墜落
造花だ　噴水だ　香水だ

やい　ひばり　もっと高く
天国へ落ちようと
なにかを愛するなら
亀甲文字の風か
酔いざめの　義務の墓標

ジンタが　ぶりかえす
絶え間ない　侮辱の河原に

祖父そっくりの　チンパンジー
にやけた　靴あと
がんもどき　煮えかえる
球状星団の横丁へ

1964年冬
霧島山

若い私は心乱れ

ミラレパ――12世紀　チベットより

若い私は　心乱れ
愚かな森に　踏み入った
ひもじい精神
お情の乾いた飯に　かじりつき
たまには　小石も喰った
ざんげのつもり
時には　虚空自身に　かみついた
また　からから喉にいかれては
氷河の青に　手を結び
或いは　泉の香にむせた
時には　友愛の流れに　喉を鳴らし
ある時は　天使たちの微笑に酔った
また　魂凍る　真冬
一枚の木綿の晴着
折おりは　くすぶる心に　火を付けた
知識と知恵が道連れ
十もの善を　行い　清め
心を正しく　置き直し
認識の根の深さを測り
自覚の底へ　もぐった

私は　ヨギ
信仰のたてがみ　揺さぶる　ライオン
氷河のてっぺんから

私は　詩を述べる

実り　ありますよう

I am the Yogin.

人間の王なる　虎

霊のうちに　輝き

豊かに　知恵に　ほほえみ

人々の幸福に　熟しながら

光明の森　深く　座る

私は　ヨギ

人間の鷲

翼を　ヨガの炎に　張り広げ

翼を　ヨガ荘厳に　打ち鳴らし

唯一の虚空を　天馳ける

I, the Yogin, am the holy one of men.

私は　ミラ　レパ

振り向くことなく　進むもの

私は　宿なし

なにごとも　気にせず

なにごとも　見逃さぬ

私は　乞食

まるはだか

無　一　文

生活とは　関係ない

ここに　住みつく　謂れもない

私は　心勇む　沈黙に　静座に

私は　惜しまない　命を
私は　恐れない　死を
私は　棄てる　一切を

だが　君たちは
或いは　重荷を背に　よろめこう
　　　　　　　　　　I am the Yogin.
どんなことにも　忠告しよう
どうぞ　魂を尊く保ち
正しい施しをするよう
そして　この世では
自由で　健康で　幸福で
静かに　長生きするよう

　　　　　　　　　　いずれ　あの世で
道のため
また　生けるすべてのため
共に　力を　合わせよう

1965年6月
京都

空　青く　広く

空　青く　広く
六月の朝　鮮か
1945年　南九州
とある　日本海軍飛行場

練習戦闘機“白菊”の翼に
小型爆弾かかえ
沖縄めざす
神風特別攻撃隊　三機

その一人　後藤は
髪長く　ひげ長く
僕　そっくり

離陸直後
後藤たち　神風三機を囲む
グラマン十機

まばゆい　火の玉　三つ
銀の翼の　棺桶　三つ
長い尾っぽの　疑問符　三つ

空　青く　広く

出水特攻基地跡

螢

日南海岸に消えた　後藤章に

呼び声　ひとつ
遠く　近く
ここ　森と渚のはざま

　　　章よ
　　　聞こえるとも

君の呼吸は
　　　森の毛虫たちさえ　自由に歩かせる
君の鼓膜は
　　　そよ風の糸さえ　震わせる
君の心臓は
　　　いつも　波の背に　乗っている

　　　章　よ

うなづいたり　笑ったり
君は　小さい　野バラの花

不意に　黙り込んだ　今
君は　海のチャイムを　響かせる

章　よ

これは　花盛りの季節
君の死体を
やさしく　受け入れた　ネムの木の下
私は　雨に濡れている
心　枯れて

その雨も　やがて　晴れ
夕映えに　瞳を照らし
いつか　二人で立った
海へ向こう　あの崖辺り
闇に溶け入る

螢　ふたつ

1968年6月

へのへのもへの

無駄口たたくひまあれば
本読みな

本読むひまあれば
歩け　山を海を砂漠を

歩くひまあれば
歌え　踊れ

踊るひまあれば
黙って座れ

おめでたい
へのへのもへの
読者諸君

めぐり会い

——これで　一週間
地下ふかい
化石の洞窟
ピッチの闇の中

お前は　座っている
たぶん　真昼

誰かが　入ってくる
そいつは　見えない　聞こえない
さわれもしない
だが　確かに　そいつはいる

友達なのか　悪魔なのか
どっちだって　同じ

お前　ほほえみ
やつ　白け
遠く　人の声
遠く　波の音

またね

1970年11月
ビックスビー・キャニオン

ウナ電

アマゾンの友
エリザベス・ハレットへ

おはよう
宇宙はじまる味噌汁　おはよう
味噌汁の具は　クモの巣ギンギン

生命はじまる　大アマゾンの海から
ユリシーズは　グランド・キャニオンへ

彼の曾孫は　ダルマバム
ひいばあさん　ガラガラ蛇
ガラガラ蛇　瞑想の母
瞑想　パンプキンパイの種子
パンプキンパイ　聖なる茸の父
茸は　神を産み
神　銀河系とならんで成長
その銀河系こそ　俺が盗んだダイアモンド

ゆうべ　あの禿鷹め
ダイアモンドまるごと喰っちまっただ

じゃ　明日　氷河へ飛ぶぜ

1973年5月
ダンカン・スプリング

サンシャイン　オレンジ

サンシャイン　オレンジ
これは　キラキラ　彩雲のなぎさ
　　汗からとおく
　　歌からとおく
　　祈りからとおく

サンシャイン　オレンジ
これは　キラキラ　彩雲のなぎさ
　　朽ちてゆく　難破船
　　朽ちてゆく　サンダル
　　朽ちてゆく　海藻
　　朽ちてゆく　浜茄子の実
　　朽ちてゆく　人魚
　　朽ちてゆく　花火
　　朽ちてゆく　ミラレパの息づかい

　　錆びてゆく　魚雷
　　錆びてゆく　トリカブトの花
　　錆びてゆく　カラスの眠り

　　眠りつづける　ギリヤック
　　眠りつづける　エゾ狼
　　眠りつづける　コロポックル
　　眠りつづける　サーベルタイガー

眠りつづける　マンモス
眠りつづける　恐竜
眠りつづける　わだつみの神
眠りつづける　海底火山

夢見がち　海猫のサークルダンス
タコタコノボレ　テンマデノボレ
空のインディアンブルーめぐり
大熊座の海流めぐり

陽はかげり
これは　お先まっくら　カラスのなぎさ
母なる大地　祖母なる岩
崖から落っこった　しう子は
ほほえむ唇　マッカッカ
彼女のよう　炎キララな流氷が
去年うちくだいた　岩の塔
流れ　流れて　どこに着く

ティエラ・デル・フェーゴからとおく
シャカムニからとおく
ホンコンフラワーからとおく
あの世はるか
とどろく　虹の稲妻

サンシャイン　オレンジ
これは　サーモンピンク　茜のなぎさ

迷子の狐が　森で泣く
ゆうべ　一匹のヤドカリが
国境の海を渡った
今日　太陽は　天秤座を歩く
いま　ハヤブサを追ってゆく　あれはセキレイ

　　宇宙は　永遠の海
　　永遠は　平和のなぎさ
　　ここに　いま
　　海鳴りと耳鳴りの谷間
　　あの滝あたり
　　ひびきはずんで
　　岩が飛ぶ

サンシャイン　オレンジ
これは　キラキラ　彩雲のなぎさ
　　汗からとおく
　　歌からとおく
　　祈りからとおく

サンシャイン　オレンジ
これは　命のなぎさ
サンシャイン　オレンジ

1975年9月
知床半島

砂絵

サンゴの砂の上
コチドリの足あと
チュウサギの足あと
岩に弾む　イソヒヨドリの歌
　　チュィリ　チュィリ　チ　チ

群れているのは
コミューン好きのヤドカリ

この馬鹿でかいのは　僕の足あと
　　チュィリ　チュィリ　チ　チ

どの足あとも歌
いのちの歌

砂にえがく
空にえがく
命の歌

チュィリ
　　チュィリ
　　　　チ　チ

1976年2月
西表島、星立

ナイフを研ぎながら

ナナオよ　ナイフを錆びつかすな
ナナオよ　心を錆びつかすな

海の風は　ナイフに悪いぞよ
海の風は　心に善いぞよ

海の風は　悪くない
ナイフを　研げばよい

海の風は　善くも　悪くもない
海は　心の砥石

磨かれた　ナイフの心
磨かれた　心の海

ナナオよ
今夜は　ゆったり眠れ

咲きほこる　浜木綿のかげ
サンゴの砂の上
南十字の星を　枕に

1976年2月
沖縄、西表島

公理

夕焼け　小焼け
日が暮れて
木星　キララに映る
サンゴの海

　　　僕は　人類の一部である
　　　人類　哺乳類の一部
　　　哺乳類　動物の一部
　　　動物　生物の一部
　　　生物　地球の一部
　　　地球　太陽系の一部
　　　太陽系　銀河系宇宙の一部
　　　銀河系宇宙　大宇宙の一部
　　　従って　僕は　大宇宙の一部である

マングローブの森
クイナ鳴いて
深まる　夜

　　　僕は　人類と合同である
　　　人類　哺乳類と合同
　　　哺乳類　動物と合同
　　　動物　生物と合同
　　　生物　地球と合同

地球　太陽系と合同
太陽系　銀河系宇宙と合同
銀河系宇宙　大宇宙と合同
従って　僕は　大宇宙と合同である

天のきわみ
朝を焼く　あかね色

知られざる　渕深く
満ちあふれ来る
春のうしお

1976年2月
西表島

広告

ボブとエヘラに代わって

波のしずく　ふり落とせ　南十字の星ぼしよ
さりげなく飛べ　冠鷲　これは　聖なる天空
森のくらやみ　祭りつづけよ　山猫たち
世界を埋めつくせ　マングローブみどりの海
夜明けのボブの歌　潮鳴りとどよめけ
エヘラの胎児　ひたすらに　夕日を支えよ

欲しいもの
水　牛
サ　バ　ニ　船
蛇　味　線
織　機

1976年2月
西表島

ラブレター

半径　1m の円があれば
人は　座り　祈り　歌うよ

半径　10m の小屋があれば
雨のどか　夢まどか

半径　100m の平地があれば
人は　稲を植え　山羊を飼うよ

半径　1km の谷があれば
薪と　水と　山菜と　紅天狗茸

半径　10km の森があれば
狸　鷹　蝮　ルリタテハが来て遊ぶ

半径　100km
みすず刈る　信濃の国に　人住むとかや

半径　1000km
夏には歩く　サンゴの海
冬は　流氷のオホーツク

半径　1万 km
地球のどこかを　歩いているよ

半径　10万 km
流星の海を　泳いでいるよ

半径　100万 km
菜の花や　月は東に　日は西に

半径　100億 km
太陽系マンダラを　昨日のように通りすぎ

半径　1万光年
銀河系宇宙は　春の花　いまさかりなり

半径　100万光年
アンドロメダ星雲は　桜吹雪に溶けてゆく

半径　100億光年
時間と　空間と　すべての思い　燃えつきるところ

そこで　また

人は　座り　祈り　歌うよ

人は　座り　祈り　歌うよ

1976年春

淑女　ならびに　紳士諸君

淑女　ならびに　紳士諸君
　　なんと　この世は
　　呆れんばかり　モノ　もの　物
　　要りもせぬ　しろものばかり

魚のアラをもらうため
　　スーパーマーケットへ行くたんび
　　負けそうよ　モノ　もの　物

なかでも　摩訶不思議
　　僕の理解を越えるやつ
　　その名は　トイレットペーパー

獣道に落とされた　生けるしるし
　　猪　狐　鹿　羆
　　コヨーテに　鳥たちに　虫けら諸君——
　　はて　東京山椒魚は
　　毎週　トイレットペーパー仕入れに　東京へ
　　あの　巨大なマーケットへ　行くだろうか

旧石器時代このかた
　　万世一系する健康体
　　一日二食　眠り短い　この僕は

　　　霊長類の神秘によって
　　　玄米のおにぎりみたいな　お宝ころり
　　　紙の世話など　いらぬこと

だが　教養ある紳士なら
　　　後《うしろ》の始末は　当たりまえ
　　　僕には　僕の作法があるさ

まずは　澄みわたる小川
　　　流れ去る　昨日のおつり　見送り
　　　インド風　左手の指ぬらしてから

お次は　巡る季節　留まる風土
　　　光の遊び　さまざまに
　　　形　色　匂い　とりどり
　　　花とひらく　妖精のむれ
　　　バラ　椿　コブシ　石楠花
　　　わけても　ヤマシャクヤク　ぐっとくる

海を渡れば　鷲の国
　　　メキシコ　ピナカテ砂漠
　　　バーレルカクタスの花に飾られ
　　　砂深く埋葬された　僕の形見は
　　　風すさぶ　砂漠の四月
　　　今　ほほえむか　ユッカの蕾

おお　草よ　樹よ
酸素とエネルギーと美の女神
人類の背信も知らぬげに
春は花　夏青葉　秋もみじ
ブナ　楠　化粧柳　ユーカリ
お尻と心くすぐる　大麻の葉

淑女　ならびに　紳士諸君
心あらば　日の出どき
里芋の葉っぱに結ぶ　虹の露あつめ
汝のけつを　清め給え　祓い給え

片や　マーケットにはびこるは
火薬くさい　トイレットペーパー
パルプ・製紙の工場地獄から　落ちてくる
樹の生霊たちの　しゃれこうべ

この地球は
いまに　トイレットペーパーの大洪水
他の生物たちを　道づれに
大腸炎の下痢みたい
押し流すよ　人類を

森に　草原に　また荒野に
惜しみなく撒かれる　天国のつづれ織り

空飛ぶ姉妹　鳥たちの羽根
ミソサザイ　ヤマガラ　マナヅル　コンドル
ハミングバードは　言わずもがな

珊瑚は　海の花束
だが　生けるポリプは　使うなよ
よく枯れた海の草　海藻類を始めとし
宝貝　パイプウニなど乙なもの
君の撒餌にしたいよる
小魚どもは　うまいぞよ
でっかいやつなら　抹香鯨
あのモービーディックの潮に吹かれ
尾骶骨洗うは　いつの日か

石と岩　地球の背骨
永遠と歴史と魂の三叉路
荘厳する　トイレットペーパー
“時”なる小川のほとり
太陽に孵化され
オパール色に花ぐもる　この石は
息づき　成長し
僕らと共に　生と死の彼方をめぐる——
肌に親しい　この温もりを
マーケットで　買えるのか

風凍り　花ひとつほころばぬ

氷河の岸で　なんとしょー
氷堆石を　かすめ飛ぶ
ひとひらの　あの雲さ

淑女　ならびに　紳士諸君
時は　満ちた
今は　大地にツケを返そう
清流のかたわら
今日　日影ツツジは咲きそめる
では　心やさしい滝つぼに　身をかがめ
レモングリーン爽やかな
ツツジの花を　手にかざし
オオルリの歌に　耳かたむけ
瞑想するウンチ　至上の幸福
完全なる　循環の祭り

古くして
日々　新たなる

1978年4月
信州、生坂村　清水平

You look like everybody

ひふみよ

人類なんぞ
ありっこなし
お前だけよ

自然なんぞ
ありっこなし

夕あかり
花光る　アザミ
ひ
ふ
み
よ

1979年8月
カリフォルニア、エルク・ヴァレー

へのへのもへ

メモランダム

1970・1
北アメリカ大陸　カールスバッド鐘乳洞から　僕は
ホワイトサンド国立公園へ

アルベルト　アインシュタイン
アメリカ政府高官　ペンタゴンの将軍たち
眼を皿に見守る　きのこ雲
ここ　チワワ砂漠
25年前
或る　7月の夜明け前

1973・11
同じ　ニューメキシコ州　ヘメス・スプリングス
僕が出会うのは
キリスト教の神父さま

1945年8月6日の夜明け前
この神父
ミクロネシア　テニアン空軍基地から
広島へ飛び立つ
B-29パイロットを祝福

1945・8
出水海軍飛行場

長崎市の南　150km

広島ピカドンから　三日あと
レーダーは伝える　大型米機
真北　高度10, 000m　時速500km

ふいに　誰かが叫ぶ
雲仙　大爆発

まのあたり
きのこ雲
長崎上空

1946・8
広島ピカドンから　一年
行方知れずの友　さがし歩けば
彼の身代わり　見つかったのは　影の男

原爆一閃
その肉体　時空の外へ飛び散り
残りの影　あざやか
コンクリートの階段に

1972・6
リオ・グランデに注ぐ　バンデリエの谷
なつかしく　美しい　インディアン遺跡

眠れば　ま夜中　地震三回

ヘメス火山の爆発ならず
ロス・アラモス原子力研究所
地下核爆発実験　立入禁止
——もっと遺跡を　もっと神をたたえる教会を

1975・1
出水海軍飛行場あと

神風パイロット　影もなく
夕日に舞うよ
ナベヅル　マナヅル　あわせて3, 000羽

1979・1
流れゆるむ　リオ・グランデ
チワワ砂漠　はじまるところ
アパッチ野生動物保護区

カナダヅル　1, 700羽
アメリカシロヅル　0羽

原子力産業資本　ケル・マギーが
——亡びゆく鶴の身代わり
永遠なる　核廃棄物を
いま　埋めんとする
ここ　ニューメキシコ“魅惑の土地”に

1979年3月
南ロッキー、サングレ・デ・クリスト山地

＊ニューメキシコ州の別名を“魅惑の土地”という。
ロス・アラモス、広島長崎に落された原子爆弾はここで作られた。

ことづて

しずむ　新月

風あかり

いなびかり

星あかり

射手座はるか

銀河系中心から

僕の鼻に来てとまる

蚊　一ぴき

1980年7月
南ロッキー

いと小さきものら

カタツムリ　そろそろ登れ　富士の山　　一茶

1948年　ナバホインディアンの一女性は
砂漠昆虫800種を識別

ニューヨーク市に住むクモ類は　約1, 000種

ブラジルの大都市には
親が棄てた子供たち　300万

赤い中国　その兵士の数は　3億

サンタフェで見つけた　海百谷化石
3億年前　石炭紀
いまは机で文鎮よ

来るべき　3億光年
逃げられない　暗黒時代
僕は　螢になる

1980年7月
リオ・グランデ

緑　永遠なり

今は昔　10年前
東京郊外　ニュータウン
奥様たちあつまって
広場に　グリーン　欲しいわねえ
でも　落葉は困るわ
そこで　プラスチック常緑の樹　植えたとさ

今は昔　400年前
京都は　秋の朝　茶室の廻り
庭の落葉はきすてた　息子のため
楓の老木　ゆさぶる利休

今は昔　150, 000, 000年前
どこか　ジュラ紀の谷間
沼に溺れた　恐竜一頭
時の魔術　化石と変わり
神の奇蹟　プラスチックの樹と変じ
飾るは　東京ニュータウン
葉一枚　散ることなく
緑　永遠なり

暑く　乾いた風
シエラネバダ山脈の東
ホワイトマウンテンの頂上ちかく

ブリスルコーン　4, 000年の五葉松
拝み　祈り　歌う　夏のあした

縄文うまれ　黒潮そだち　台風の梢
屋久杉　7, 200年を祭り
その傘の下　夢むすぶ
雨もよい　なまめく　春の夜

今日
太陽黒点から　伸びあがる
一本の若い樹

緑　永遠なり

1980年8月
南ロッキー、サンディアクレスト

なぜ　山に登る

そこに　山があるから

人　山に登らず
山　人に登る

山は人
人は　自分自身に登る

山なく　人なし
透明大気
なにかが
登ったり
下ったり

冬の花道

二日つづきの雪晴れ
バラ色の夕あかり

人は　なつかしむ
昼に輝く　あの星を
夏に輝く　あの花を

星あかり
雪あかり
重いブーツ
凍てつく　枯れアザミの草原踏めば
散りきらめく　太陽の花びら

ブーツのあと
兎　コヨーテ　鹿の足あと
この大地　黄道　さらに銀河

冬の花道

1981年2月
タオス平原

なぜ　お前は

不意に　人は足をとめる
晴れ積雲いろどり
広がる　太陽コロナの影
広がる　砂漠の昼さがり
春分すぎて　十日あまり

まのあたり　南回帰線
南緯25度　東経131度
西の風　暑く　乾いて
ここ　大陸は　どまんなか

くさび形尾っぽ　たくましく
三羽の大鷲　羽ばたき休め
風に乗り
すべりゆく　青のきわみ

赤にそびえる　大岩壁かすめ
いま消える　鷲の群れ
人は　また歩き始める

“鷲でさえ　空を飛ぶ
なぜ　お前は”

1981年10月
オーストラリア中央砂漠

岩の祈り

誇り高い　砂漠の民へ

永いあいだ
四万年の永いあいだ
あなたを　待っていた

四万年たって
やっと　会いに来てくれたのね

　　　　　世界一　でっかい岩
　　　　　オーストラリア大陸の石の門
このごろ　私をそう呼んでるけど
　　　　　でもちがうの
ほんとは　岩でも　洞窟でもないわ私

　　　　　私の肌　よく見て　さわって
　　　　　磨きに　磨かれた
　　　　　黒い　ダイアモンド
　　　　　黒い　銀河

　　　　　私は　私の肌は
　　　　　あなたの指
　　　　　あなたのまなざし
　　　　　あなたの歌で
　　　　　四万年の間
　　　　　磨きに　磨かれてきたの

私の肌　よく見て　さわって
光　あふれ
力　あふれ
愛にあふれ
冴えわたり
あたたかく
頼もしく

やさしく　指で撫でて
昨日のおじいさんそっくりに

そっと　口づけて
去年のおかあさんそっくりに

しずかに　私の上で眠って
四万年前のあなたそっくりに

オーストラリア
永遠の夢の大地
私　いま　偉大なオーストラリアの国宝なの

淑女ならびに紳士の皆さま
ようこそ　夢の大地へ
ようこそ　魔法の岩へ
いらっしゃい　冷暖房完備のオーストラリア

ごゆっくり　　冷暖房完備のオーストラリア

でも　淑女ならびに紳士の皆様
“夢の時代”ここで　なにが起こったか
どうぞ　忘れないで

ここ　オーストラリアのウンデッドニー
ここ　オーストラリアのアウシュヴィッツ
ここ　オーストラリアに落とされた　広島原爆
思い出して
思い出して　ここ　夢の大地
きらめく岩　私を

永いあいだ
四万年の永いあいだ
あなたを　待っていた

1981年10月
エアズロックにて

鏡　割るべし

朝早く　シャワーの後
うっかり　鏡の前に立つ

胡麻塩頭　白いひげ　皺ふかく
なんと　うらぶれた男よ
俺じゃない　断じて俺じゃない

この大地　このいのち
海にすなどり
星たちと　砂漠に眠り
森あれば　仮小屋むすび
古く　ゆかしい農法にたがやし
コヨーテと共に歌い
核戦争止めよと歌い
疲れを知らぬこの俺　ただ今17歳
なんと　頼もしい若もの

十字に脚くみ　ひっそり座る
もの思い　やがて消え
声ひとつ　いま忍びよる

“この命　老いを知らず
　この大地　すこやかなれと
　　　鏡　割るべし”

1981年10月
キャンベラ

七行

雨あって　濡れずということなし

風あって　吹かれずということなし

口あって　喰らわずということなし

手あって　働かずということなし

足あって　歩かずということなし

声あって　歌わずということなし

心あって　踊らずということなかれ

1982年9月
武蔵、国分寺

1 2 3 4 5 6 7 8 9 10 11 12 13 14 15 16 17 18 19 20 21 22 23

時計

台風　洪水　乱開発
音なく　小やみなくつづく山くずれ

秋雨のひるさがり
マムシ酒　チンチントロリ
語るは　消えちまった姉妹たち
ナウマン象　日本狼　ジュゴン　カワウソ　カッパ　ヤマンバ

　　　　北アルプスまぢか
　　　　森ふかく住む人の手首を巻いて
　　　　あやしく　黒く　光るもの

池田さん　それは？
デジタル時計
文字盤なく　長針なく　短針なく　1　2　3　4　5　6
7　8　9　0　1　2　3　4　5　6　7　8　9　0

音なく　小やみなくつづく山くずれ
台風　洪水　乱開発　美しい日本
戦争　大虐殺　乱開発　21世紀万歳
いま　地球の谷ひだ埋めつくす
数字の奇蹟　デジタル・コンピューター
未来氷河の爪のあと
給料　家賃　月賦　税金　借金　罰金　クレジットカード

血圧　脈膊　生命保険　墓地登録番号　犬猫墓地登録番号
自家用車ナンバー　郵便番号　電話番号

デジタル時計
文字盤なく　長針なく　短針なく
眼なく　鼻なく　耳なく
音なく　小やみなくつづく山くずれ　1　2　3　4　5　6
7　8　9　0　1　2　3　4　5　6　7　8　9　0
いま　地球の谷ひだ埋めつくす
未来氷河の爪のあと

　　　　直立数字人間の手首を巻いて
　　　　あやしく　黒く　光るもの

音なく　小やみなくつづく山くずれ
わずかに踏める　沢ぞいの道
真昼の灯台　花光るフシグロセンノウ　たどりかえれば
早くもかたむく　秋の夕日
鼻たれ小僧とカアチャンと
いま　森の水晶時計　アケビを喰べている

　　　　種子もろとも
　　　　永遠もろとも

1982年秋分
信濃、生坂村

廃屋

空　青く
山　高く
森　広く
谷　深く
水　豊か

水は　人を呼び
人は　水を引き
小屋を結び
墓を刻み
蕨　摘み
松茸　狩り
福寿草　植えて
人は　春を待つ

雪を待つ　冬至の空
柿　三本
シジュウカラ　ヤマガラ　ヒガラ　ヒヨドリ

柿の根っこに　でっかいウンチ
冬眠忘れた　月の輪熊

早くも土やぶる　福寿草の蕾

人去って　十年

ナナオサカキ邸新築設計書

家を建てよう　愛する惑星地球の上に　家を建てよう
今日は　一月一日　我が60歳の誕生日
めぐりかえる　還暦の年甲斐なく
未だに　フリークと呼ばれ
未だに　我が家と呼べるところなく
恥ずかしや　恨めしや　我が永年の放蕩無頼
まじめに　家を建てよう　今日にでも

では　どこに
まずひらめく　氷河と砂漠出会う　アンデス山地
次は　サンゴ礁と熱帯雨林出会う　北回帰線あたり
或いは　北極守るオーロラの森　タイガ
手ぢかには　台風育てる縄文杉　屋久の島山
また　ブナ荘厳の森　尾瀬　飯豊のけもの道
それとも　神の火を噴く　知床のなぎさ

　　　　　前を向いて　ふりかえれば
　　　　　聖なる円錐の塔　インディアンティピィ
　　　　　蒙古草原　雲の家　パオ

この二つ　地震　台風　なんのその
材料は　たっぷり　そこらにあるもの
ススキ　竹　杉　粘土　サンゴ石灰岩　玄武岩
汗と　智恵と　友情がセメント代わり

例えば　半径100m　高さ100m
熔岩と粘土が固める　基礎の上
竹と杉とが　築きあげる　小宇宙
屋根は　ススキの穂うちかさね
天井には　ブーゲンビリア
カーペットには　コマクサ
壁に立つのは　生ける命のあかし　息づく立像の群れ
ミソサザイからイヌワシ　オキアミからマッコウクジラ
恐竜と連れだつ　サンショウウオ
片隅にたたずむ　陸棲哺乳類代表
この僕は　そのままキーボード
このドーム　そのまま竹のパイプオルガン

生けるすべて
脈打つ　心臓のリズム
うずまく　呼吸のメロディー

夜ともなれば
電気無用のプラネタリウム
心と光のたわむれ
全天の星ばかりか　百億光年の未来宇宙写し出す

この家　冷暖房　上下水道　食糧完備
それでも寒ければ　誰かと抱き合おう
それでも暑ければ　骨まで裸になろう
それでも饑じければ　手の平の豆を喰べよう
それでも悲しければ　熱い涙のスープを呑もう

この家　まずは愛するガキたちのため　また
ヤマトンチュウ　シャモ　ケトウ　オス　メス　ヤマンバ
カッパ　イヌ　ネコ　ネズミ　ノミ　シラミ　ゴキブリ
この家　生けるすべてのため

では　星々と　太陽と　風と　水の寿ぐところ
霜凍る　この土をまず掘ろう

散りかかる風花《かざはな》　冬の空　深まる青
かすかに　はるかに歌声ひとつ
耳くすぐるあれは

人魚　海のニンフ　カリプソのいざない
旅の思い　恋の思い　胸を焼く

今はこれまで
泥まみれのスコップなげすて
見知らぬ土地　見知らぬ友に会うべく
雪にうずまる　新築の家を後ろに

今　旅に出ようとする

1983年

二百十日

　　ちっちゃい　水と緑の星
　　惑星地球を飾る
　　さらに一輪の花
　　――直立歩行人間

同じ声　ふたつなく
同じ瞳　ふたつなく
同じ定め　ふたつなく
しかも　心ひとつに生まれつき――

しかも　声の数ほど
しかも　瞳の数ほど
しかも　定めの数ほど
千々に乱れ狂う　人の思いとは――

夏の終わり　今朝の新聞飾る　記事三つ

　　信じられぬ数字　巨大企業による　政治献金
　　信じられぬ暴力　黒い悪夢　右翼の挑発
　　明日　二百十日　関東大震災六十周年
　　震度7.9　死者99, 331　行方不明43, 476

雲と風　連れ立ち流れる　青い空
ここ　水と緑の大地

早くもふくらむ　アケビ　栗の実
ホホヅキ　赤に色づき
ツユクサ　カルカヤ　ノコンギク
地軸と共に　めぐる季節　めぐる花ごよみ

――買物にふくらむリュック
街からかえる　沢ぞいの道
ふと止まる　我が歩み
――直立歩行人間

汗ばむ肌に慕いよる
蚊ばしらならぬ　虻ばしら
1m の前うねる　マムシ一匹
2m の前はねる　ハンミョウ二匹
5m の前もつれる　アキアカネとキアゲハ
10m の前飛び立つ　カラス三羽

地上に生きる　命の数よりも
さらに乱れ狂う　人の思いとは――

　　直立歩行人間
　　惑星地球を飾る
　　さらに一輪の花

　　　　明日の風
　　　　東　西　南　北

1983年フォッサマグナ・ピグミーの森

蛙合戦

アレン・ギンズバーグへ

　　　　　グ　グ　ピカ　ドン
　　　　　ヒキガエルが参る　蛙合戦に参る
　　　　　グ　グ　ピカ　ドン

若い私は　心みだれ　おろかな森に踏み入った
南アルプス　とある山すそ　春三月　夕日の森
ふと　脚もと見わたせば　なんと夥しいヒキガエル
　　　　　グ　グ　ピカ　ドン
もの知らぬ若い私は　ただ呆れ　ただおびえ
走りもならず　止まりもならず　彼らと共に
　　　　　グ　グ　ピカ　ドン
いつとなく　ヒキガエルたち姿失せ
我が脚もとに忍びよる　闇よ　寒さよ

星めぐり　年めぐり　いま　北アルプス遠からぬ山住まい——
根雪いずこ　四月の谷ゆけば
乾き知らぬ水たまり　ここかしこ
ふと　眼をうばう　透明ゼラチンの長い紐
その中は　黒い粒つぶ　びっしりと——
これぞ　死を賭け　命惜しまぬ　蛙合戦の置土産
やがて　月満ち　卵塊たちまち　オタマジャクシの黒い群れ

スミレ　ヤマツツジ　花やぐ五月の森そぞろ歩き
人は　水たまりに腰かがめ　眼を皿に　心ひろげ

すえ頼もしい　この小さきものらにほほえむよ

　　　　森の高みから落ちてくる　心やさしいツツドリの歌
　　　　谷の底から　天にひびけと鳴く河鹿
　　　　梅雨けむる　六月半ば

なにものぞ　我らが花道ひき裂いて　トラックのわだち
ヒキガエル　トノサマガエル　また
鰓あざやかな　クロサンショウウオの幼生たち
ノアザミ　ホタルブクロの花もろとも
圧しつぶされ　根こぎにされ　泥にうずめられ――
虐殺あわれ　トラックには一瞬　生けるものには永遠

心くだかれ　うつろにたたずむ　我が脚もと
再び始まるヒキガエルの行列
　　　　グ　グ　ピカ　ドン
　　　　ヒキガエルが参る　蛙合戦に参る
　　　　グ　グ　ピカ　ドン

その列に立ちまざる泥の男　おや　トラック背負い
　　　　グ　グ　ピカ　ドン
次は　トラック工場の社長
“若ものは　水陸両用戦車の運転　学べ”
自ら　日の丸はためく戦車にまたがり
　　　　グ　グ　ピカ　ドン
つづいて　ヒットラー　トルーマン　スターリン
偉大な先進国サミットたちの胸かざる

原子核弾頭の大勲章
　　　　グ　グ　ピカ　ドン
さて　原子力産業おしすすめる　ここ日本国のお偉方
聖者みたいに丸はだか　広島　長崎の灰ぬたくって
　　　　グ　グ　ピカ　ドン
その後ろから　うさんくさい科学者　ジャーナリスト　文化人
さらに　夥しい中産階級　すなわちオポチュニスト
お手々つないで　はい笑って　第三次世界大戦の廃墟の中を
　　　　グ　グ　ピカ　ドン

やってくる　まだやってくる
おや　堆肥背負ったアキラ君　マサカリかついだ裕次郎
織機ひっぱるおけいさん　ほだ木を運ぶ　びっこのアキ
ボブは　ギターと水牛　ジュンは　ドラムとさかな銛
イサムは　絵具とやさしい口もと　しんがりは
おや　ナナオ　自家製の豆腐爆弾　手にさげて
　　　　グ　グ　ピカ　ドン
　　　　ヒキガエルが参る　蛙合戦に参る
　　　　グ　グ　ピカ　ドン

　　　　森の高みから落ちてくる　心やさしいツツドリの歌
　　　　谷の底から　天にひびけと鳴く河鹿
　　　　　　　　梅雨　いま盛り

1983年夏至
信州、生坂村

すばらしい一日

水を汲み

薪を運び

隣でしゃべり

陽が沈む

ヴァレンタインズ　デイ

身分を気にせず

個性を売らず

優雅をてらわず

謎めくこともない

だから

好きさ

君が

1982年2月

旅は身軽る

雲丹と薩摩芋
焼ける匂い　漂よう
流木の焚火に　座っている
風すさぶ　春の夜

東支那海　とある島
一人　洞窟に　座っている
まわりは　百のしゃれこうべ
江戸中期　天然痘患者の集団墓地

　　　百のしゃれこうべ
　　　百の物語り
　　　夜もすがら

やがて　トキ色の曙
一人が　ささやく

　　　“旅は　身軽る——
　　　ナナオ
　　　君のしゃれこうべ
　　　ここに　置いて行けば”

カルテ

ヤッチに

まず　　足　弱くなり
　　　　胃　弱くなり
　　　　頭　弱くなり
　　　　心　弱くなる

ちがう
まず　　心　弱くなり
　　　　頭　弱くなり
　　　　胃　弱くなり
　　　　足　弱くなる

いや　　足　でも
　　　　心　でもない

まず　　弱くなるのは
　　　　お　ま　え

1983年もみじどき
北海道、カムイコタン

いつも　泥足

いやなこと
　　聞いたら
　　　　耳　洗え

汚ないもの
　　見たら
　　　　眼を　洗え

いやしい思い
　　湧いたら
　　　　心　洗え

だが
　　いつも
　　　　泥足　そのまま

1983年10月
北海道、忠別川

おへそ

鉱物
に　養われる
植物
に　育つ
動物
の　ひとつ
人間
の　ひとつ
二本足の　お前

眼あり　鼻あり　乳首あり

手と頭

やたらに使う　ピエロ

そのへそが笑えば

お前は

歌

1984年2月

これで十分

須貝あきら　に

足　　に　　土

手　　に　　斧

目　　に　　花

耳　　に　　鳥

鼻　　に　　茸

口に　ほほえみ

胸　　に　　歌

肌　　に　　汗

心　　に　　風

1984年10月
大鹿村

十一月の歌

ランプの下　コナラの炎
囲炉裏かこんで　よもやま話
柿の皮むく　秋の夜なが

闇走る
あれは　野分け　それとも　初しぐれ

今は昔　三百年前
九州　伊万里の陶工　柿右ヱ門は
太陽照り返す　柿の実に
まなこ眩み　心狂い
はたの眼には　デクノボー
色に憑かれた　三年の昼と夜
やがて　器に　柿の赤添え
人の世に　光添える

人の世は　光　それとも　影
今は昔　五年前　昭和の頃
一人暮らし　八十一のおばあ
自ら沈み　姿消す　十一月　天竜の水

青たちかえる　秋の空
老いの手届かぬ　高みには
枝もたわわ　朱につぶらな　炎の実り

秋の夜なが　囲炉裏に座り
柿の皮むく　八十一年
舌に甘える　干柿作り　ままならず
誰かにあげる　喜び消えて

喜び消えて　人の世は　光翳る
今はこれまで
八十一のおばあ　自ら沈み
姿消す　天竜の水

闇走る
あれは　野分け　それとも　初しぐれ

ランプの下　コナラの炎
囲炉裏かこんで　よもやま話
柿の皮むく　秋の夜なが

夏は　緑に蔭すずしく
秋は　鳥　獣　また人間に
百　千の実り　惜しまず
冬ざれば　葉を捨て　陽差し　うらら

この木　学名　ディオスピロス　カキ

すなわち“神の炎”
初め　柿渋　しぶとく
今一度　太陽に思いを焦がし
白く　霜吹くまで　霜に熟し
ついに　甘く　うまくなる

こ　れ　は

命　の　糧

そ　れ　と　も

命　の　光

1984年
筑摩山地

履歴書

なすべきこと

多く

しかも

果たせぬこと

更に多く

従って

なすべきこと

今更になく

間抜けた顔に

跳ねる春風

1985年2月
信州、岩殿山

手袋

60光年の誕生日を迎える
アレン・ギンズバーグへ

二月の夜ふけ
雲厚く　気温零度
ひとり　囲炉裏にうずくまり
コナラの炎　見つめている

　　　星なく　月なく　雪なく
　　　風なく　友なく
　　　耳に　小川のささやき　しきり

炎からさまよう瞳　捕えるのは
囲炉裏の縁に　居並び
自らを　乾かし　暖める
軍手二組　革手袋二組

　　　おお　手袋よ　我が兄弟よ
　　　この冬　雪浅く　氷薄いとはいえ
　　　信濃の二月
　　　雪まみれの薪　掘り起こし
　　　担ぎ帰り
　　　斧で割るには
　　　まず　君らの手助け

華やぐ木綿のわた毛に　織りなされ
僕らの肌に　ぴたり
さても　しなやかな軍手よ

草を喰べ
僕らに　乳めぐむ
牛たちの　肌そのまま
雪にも　氷にも
したたかな　革手袋よ

それでも　やがて
手袋は　汚れ　くたびれ
いずれ　使い捨てられる
くたびれた
ホンコン フラワーと一緒に
くたびれた
プラスチック人形と一緒に
或る日
焼場にかすむ
煙
ひとすじ

僕も　手袋
しなやかで　したたかな　代もの

凍傷から　誰かの指を　守る為

もし　出来るなら
誰かの苦しみを
この手で　和らげる為
まずは　明日に役立つよう
仮に　人間の皮をまとい
手袋ともども
ここ　囲炉裏にうずくまり
コナラの炎　見つめ
この生身を　乾かし　暖める

おお　手袋よ
我が　兄弟よ
お　や　す　み
いま　僕の頬に　花開く
この　ほほえみ　枕に

1985年2月
信州、犀川べり

小春日和

松の梢
高だかと　恋を呼ぶ
アメリカ　コマドリ

　　　小　春　日　和

今日
どこかで
誰かが
お前を
殺そうと
原子核爆弾　作っている

　　　小　春　日　和

ちっちゃい
黄色い
タンポポの花　三つ

1985年10月
南ロッキー、
サングレ・デ・クリスト山地

五番目の鹿

歌声　ひとつ
　遠く　かすか

人間
　コヨーテ
　　それとも
　　　ハレー彗星

永いこと
　ひとり
　　のんびり
　　　ぼんやり
　　　　座っている
　　　　　ちっちゃい　手造りの　小屋の中
　　　　　　年古りた　黒樫の　森の中

雲たちこめる
　空のどこか
　　おぼろの月
　　　しののめ
　　　　いま　いずこ

樫の落葉を　踏んで行く
　あの群れは
　　尾　黒　鹿
　　　ひぃ　ふぅ　み　よ

彼らの足跡　踏んで行く
　この僕は
　　五番目の鹿

今ごろ
　どこかで
　　世界は
　　　ぐっすり
　　　　眠っているさ

1985年12月
シエラネバダ山地

雨　雨　降れ　降れ

聞いている
　　くたびれた　茅葺き屋根に　降る雨を
聞いている
　　山法師の　花開く森に　降る雨を
聞いている
　　傾いた　地球の上に　降る雨を
聞いている
　　ゆっくり　小さくなって行く
　　ハレー彗星に　降る雨を

聞いている
　　1944年　アウシュヴィッツに　降る雨を
聞いている
　　1945年　広島に　降る雨を
聞いている
　　1956年　水俣に　降る雨を

聞いている
　　ここ　命の大地に帰った
　　最後のカリフォルニア コンドルに　降る雨を
聞いている
　　同じ春　死んだ　ジョージア・オキーフ

砂漠の夢に　降る雨を
聞いている
ビッグ マウンテン
北アメリカ原住民の村に　降る雨を
聞いている
ここ　命の海
石垣島　白保のサンゴに　降る雨を
聞いている
松本城の近く
国会議員の選挙演説に　降る雨を
聞いている
東京　兜町を歩く
紳士の背広に　降る雨を
聞いている
農薬の花盛り
20世紀　日本の土に　降る雨を
聞いている
テレビの映像　そのまま
偉大な　21世紀
地球の上に　降る雨を

降りしきる　雨　裂いて
今　走る
稲妻の　大笑い

雨　雨　降れ　降れ

1986年7月
フォッサマグナ

明日一緒に遊ぼうよ

那覇の街を見下ろす　小高い丘
むかし　昔　ここは　浅い海
サンゴの森が　ありました
魚と貝　竜宮城もありました
やがて　海は退き
残された　この丘を
島びとは　ケラマチージと呼びました
ながい　永い間
島びとは　平和に暮らしてきました

或る日　北と東から
心無い　軍隊がやって来て
戦さを　始めます
ケラマチージを攻めるもの
ケラマチージを守るもの
沢山の島びとが　兵士が
ここで　傷つき　狂い　死にました

戦い終り
四十一年の月と日が　風と一緒に流れます
しかし　空には　今日も　ジェット戦闘機
海には　軍艦　丘には　戦車
戦争と　戦争の　谷間
心もとない　平和の昨日が

明日に　揺れ続きます

　　　　　秋風そよぐ　日暮れ時
　　　　　遠くに　海が　光っています

ここ　ケラマチージの丘には
今　仏の寺と　キリストの教会が　建っています
愚かな戦さに　流された
夥しい　血と涙の丘に
シャカムニと　キリストが　並んでいます

　　　　　秋風そよぐ　日暮れ時
　　　　　遠くに　海が　光っています

シャカムニと　キリストの並ぶ丘から
降りてくる僕に
ちっちゃい　男の子二人が　声を掛けます

　　　　　“もう　帰るの”
　　　　　“うん”
　　　　　“じゃ　明日　一緒に　遊ぼうよ”

愚かな戦さに　流された
夥しい　血と涙の丘　ケラマチージ
ちっちゃい　シャカムニと
ちっちゃい　キリストが
声を掛けます

“明日　一緒に　遊ぼうよ”

1986年11月

那覇市の北東にあり　慶良間諸島が
よく見えるので　ケラマチージと呼ばれる
標高52メートルの丘は　第二次大戦末期
日米両軍の間に　一週間続く激戦地となり
米軍の死傷2, 662人　精神異常1, 289人
沖縄人と日本軍の犠牲者数　不明

雪の海　漕いで行く

髭に　つらら
スノーシューズに　スキーストック
雪の海　漕いで行く

首に　双眼鏡
サブリュックには　焙じ茶入り　テルモス
狸の敷皮　尻にぶらぶら
雪の海　漕いで行く

昔　地球は　双児星
地球Aは　太陽系に　宿を借り
地球Bは　天の河の向こうへ　飛んでった

地球Aは　今や　ロボット数十億の大スラム
地球Aは　青と緑　色あせて
虹の前に　うなだれる

風の便り
地球Bは
森と水　豊か
花　鳥　けだもの　あでやかに
人は　虹の綾ぎぬ　身にまとい
踊りと歌で　語るとさ

地球Bへ　引越そうと
地球Bの郵便局へ書いた　僕の手紙を
ハレー彗星に預けたのは
1986年1月
地球A　北アメリカ　シエラネバダ山脈
黒樫と尾黒鹿の森の中

　　　　　あれから　一年
　　　　　地球Bの返事　待ちながら
　　　　　雪の海　漕いで行く

今日　地球A　ヤポネシア　大雪山
トド松　カラ松　造林地の蔭
細ぼそ生きる　水ナラ　ドロノキ　天然の森
島エナガ　五十雀　カケス
つぶらな瞳に消え残る　命の炎
北キツネ　エゾリス　野兎
雪に描く足跡が　仄めかす
人の世の　明日は　いかに

午後　西の地平は　セピアに曇り
東　シルバーグレーの山並み　天高く

風花散る　丘の高みに　歩み止め
コンパスに　地球Bの方位確かめ
叫ぶには

地球B郵便局　どうぞ
地球B郵便局　どうぞ
こちら　地球A　ナナオ

高鳴る　我が胸に
今　飛び帰る　地球Bのメッセージ

カムバック　エニータイム
いつでもいいから　帰って　おいで

とは言え　地球Bへの道　さらに遠く
途中までのヒッチハイク　ハレー彗星が
地球Aに帰るのは
2062年

それまで
髭に　つらら
スノーシューズに　スキーストック
雪の海　漕いで行く
雪の海　漕いで行く

1987年2月

奇蹟

空気
風
水
太陽
は
奇　蹟

駒鳥の歌
奇　蹟

ミヤマオダマキの花
奇　蹟

どこから　来たのでもなく
どこへ　　行くのでもなく

君は
ほほえむ
奇　蹟

1987年6月
リオグランデを
ゴムボートで下る

いつも

男は　いつも　女と

女は　いつも　花と

花は　いつも　鳥と

鳥は　いつも　風と

風は　いつも　雲と

雲は　いつも　空と

空は　いつも　誰かと

1988年2月
北アメリカ、メイン湾

星を喰べようよ

ほんとだよ　　　子供たち

神様は
飛行機のために　　空をつくり
観光客のために　　サンゴ礁をつくり
農薬のために　　　畑をつくり
ダムのために　　　川をつくり
ゴルフ場のために　森をつくり
スキー場のために　山をつくり
動物園のために　　けものたちつくり
交通事故のために　自動車つくり

幽霊が踊るよう　　原子力発電所つくり
ロボットが踊るよう　人間をつくった

子供たちよ　　大丈夫
井戸は　　　　涸れない

ごらん　　　　夕焼けだ
畑に　　　　　向日葵
空に　　　　　赤とんぼ

誰かが　　　　歌い出す

星を　　　　　　喰べようよ

1988年9月
北海道、忠別川

プラーハ

チェッコスロバキア版詩集『地球B』に寄せて

むかし　昔　私は
プラーハに住む　ガラス職人
その頃　私は
ライナー・マリア・リルケと呼ばれていた

むかし　昔　私は
プラーハに住む　バイオリン弾き
その頃　私は
フランツ・カフカと呼ばれていた

むかし　昔　私は
プラーハに住む　花作り
その頃　私は
カレル・チャペックと呼ばれていた

むかし　昔　私は
プラーハに住む　ビール造り
その頃　私は
ナナオ・サカキと呼ばれていた

1988年9月

砂漠には
風のサボテンが……

1990年　北アメリカ風土記

1．おお　川よ

まだ雪残る、長良川の岸を歩き下ったのは、3月。

東ヨーロッパを北に流れる、モルダウの橋の上で歌ったのは4月。

ダニューブ河を見下ろす、城に立ったのは5月。

五大湖から大西洋へ向かう、セントローレンス河に近い森を歩いたのは9月。

コロラド河口から遠からぬ砂漠に、満月を祭ったのは11月。

2．まずは　太平洋の岸に立ち

象アザラシ、斑入りアザラシ、アシカ――、サンフランシスコの南、アンノヌエボ島に集まる海の哺乳類と向かい合っている。

ハーレムを争う、象アザラシの雄たちの決闘。3t もの体重をぶっつけ合い、500m の海面を渡って聞こえる叫び。更に、渡りの鳥たちの、乱舞する絵巻き。こちらは、ただ声を呑んで双眼鏡にしがみつくまま。（11月10日）

3．金門湾の魚となって

全長25m のヨットに便乗、金門湾に浮かぶ島々を巡る。サンフランシスコの摩天楼は小さく遙か。15m もの強い西風にあふられ、背中を波が洗うまでに傾くヨット。

この辺りの歴史に詳しいマルコム・マルゴーリンを囲み、ワインを廻しながら、灰色熊が棲んでいた200年前の生態系を話し合う。

そのころ、北アメリカで最大の人口を養ったのは、ここ金門湾を巡る辺り。深い森と豊かな水、鳥、けだもの、魚に恵まれていたそうな。

風と潮の強い流れが、今日も。やがて、金門橋の向こうに沈む太陽を透かして、富士山が見えたよ。　（10月13日）

4．シエラネバダ　花崗岩

氷河に削られ、のっぺらぼうの花崗岩に残る雪を踏んでいる、北シエラネバダの丘。標高3千 m。

2年振りに大病から回復した、ゲーリー・スナイダーとその家族が、僕の前になり後になり足を運ぶ。

この秋、彼の新しいエッセイ集『ザ・プラクティス・オブ・ザ・ワイルド（野性の実践）』が出版された。野性とは何かを考えるのに優れたテキスト。間もなく日本語訳が出るだろう[*]。

（6月20日）

5．独立記念日の花火

ゲーリー夫妻と一緒に、3日かけて大盆地を横切る。

ヨモギに似たセイジブラッシュの海に、島々のように散りばめられた山脈。この半砂漠の高原を彩るのは、古生代からの化石類、アメリカ・カモシカなどの哺乳類、原住民の遺跡と岩絵。

7月4日、独立記念日の夕方、ロッキー山中の街ボールダーに着く。花火、爆竹、歌と踊り——、独立戦争の日の興奮、今ここに。

チベット佛教を教えるナロパ学院で、2週間に渡る環境と詩の集い。ゲーリーと僕のほかに、アレン・ギンズバーグ、生態学のピーター・ワーシャル、詩と音楽のエド・サンダース、ジャズのダンチェリー、「工場」という詩で知られているアントラー、アルゼンチンからも一人が参加。日本でもやりたいな。

（7月4日～10日）

6．遺跡か　未来像か

久し振りのチャコ・キャニオン。アメリカ・インディアンによる最大の居住跡。ホピやプエブロ諸族の先祖と見なされる、アナサジが住んでいた。

日焼きレンガで築かれた5階建てに、5千人を収容。近くの岩壁には“ココペリ”などの岩絵が、見る人の胸に迫る。

これらの建築や画像は、人類の遺産の一つなのか、それとも未来への入り口の鍵なのか。（9月27日）

チャコ・キャニオンの岩絵

7．リスか　天文台か

メキシコに近い砂漠の奥に、不意にそびえ立つ深い峡谷アラバイバを歩き抜けた後、3, 265m のグラーム山に登る。

この山頂は1万2千年前、氷河に覆われていた。北アメリカ大陸の氷河の南限。やがて地球の気候が温暖となり、北方系の樹木と赤リスだけが、氷河の去った山頂近くに取り残された。

ここに、天文台を造り始めたのは、アリゾナ大学、ハーバード大学、ヴァチカンなど。

これに反対して､赤リスの森を守ろうと立ち上がったのが“アース・ファースト（地球第一)” などの自然保護グループと、ピーター・ワーシャルなどの生態学者。

この日20人の学生たちと一緒に、僕も赤リスの生態調査に参加。一日中森を歩いて、巣や生息数を数えた。約200頭を確認。

この山は、ズニ族、アパッチ族にとって聖なる山であり、彼らも天文台建設中止を呼びかけている。

負けるな、赤リス。　（10月26日）

8．そよ風が死ぬ時

詩集『地球 B』の詩人は、砂漠のど真ん中に築かれた“生態系第2” のドームに招待された。

巨大な構造の中に水を循環させ、ジャングル、温帯林、1日2回干満を繰り返す小さい海まで造られ、既にアマゾンからのトカゲ、蛇などが棲みついている。

食料の自給自足も完璧に用意され、日本式の水田に若い稲が伸びていた。来年1月から医師を含む8人の若者がここに住み、実験動物となる。外部との連絡は、テレビ電話だけ。

宇宙圏飛行のための試み、核戦争からの防衛――、全く無駄のないシステムを維持するための、おびただしい資金、エネルギー、企画力と現実化の技術に、圧倒されそうになる。

ふと気づいて、そよ風が吹かないのは何故だろうと、案内役のボスに聞いたが、答はなかった。（10月29日）

9．砂漠には　風のサボテンが……

アリゾナ南部からメキシコ北西部にまたがる、ソノラ砂漠。火山岩と花崗岩の山々と平原。

15 m もあるスワロサボテンが、ポツンポツンと。動物ではコヨーテ、ハバリナ猪、毒トカゲのヒラ・モンスター、ガラガラ蛇、サソリ、蜂鳥に禿鷹などをたまに見る。

国境の北、合衆国側がベースキャンプ。メキシコ側には11月初め、約1週間。

コロラド河口から遠くないこの辺り、大きな火口跡が幾つも口を開き、まさに月世界のおもむき。最初に月面を踏んだアポロの乗組員が、ここを着陸練習に使ったのも、うなづける。

飛行機、自動車、テレビ――、人間と文明のざわめきから遠く、昼は砂丘を、火口を歩き巡り、夜はまぶしい星々の下、純粋で透明な地球そのものに抱かれて眠る。

20年前に一度歩いた踏み跡をたどれば、時間が風のサボテンになっていた。（11月1日～6日）

10．アパラチアの森

18世紀までは、メキシコ湾から北極圏まで、大西洋からミシシッピー河まで、リスは地表に降りずに行けたと言われている。セントローレンス河で終わるアパラチア山脈のルートを数日間歩いた。

もはや原生林とは呼べないが、果てしなく続く森には圧倒される。長らく氷河の底にあった山々は、なだらかで穏やか。ピンク色した花崗岩もある。

この大森林の一部を、大昭和製紙が伐っていた。

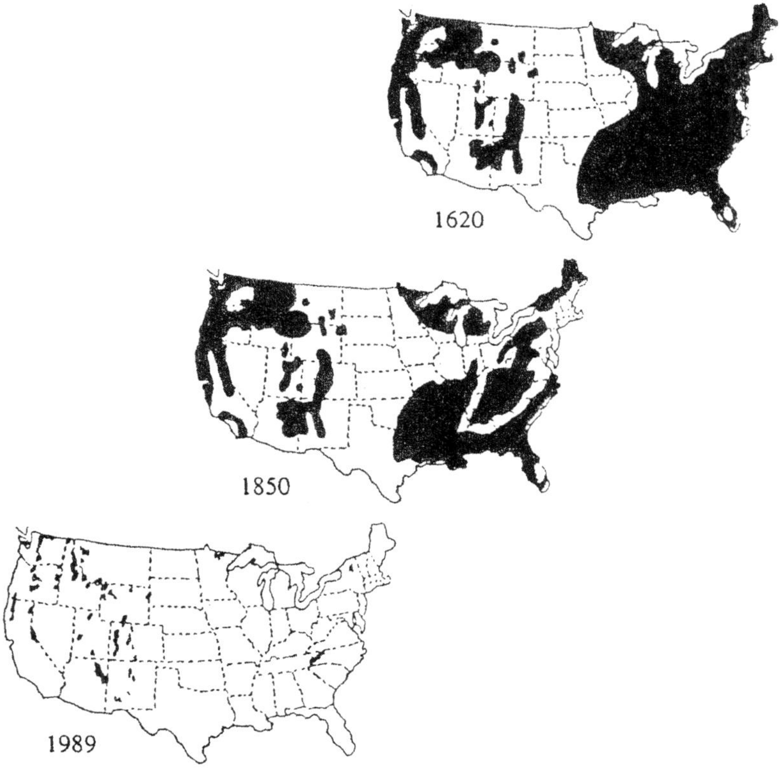

北アメリカ大陸の失われていく原生林

11. 今いずこ　モビー・ディック

ボストンの東、ナンタケット島。1万2千年前の氷河期にできたこの島は、小説『白鯨』の舞台。18〜19世紀には捕鯨船の基地だった。

港で、世界一と思われる大きなカタラマンヨットに出合う。宮崎で造ったトカラ2世号を思い出す。

島には日本の鳥居を真似た門の家があり、杉の木が2本立っていた。柏手打って通り過ぎる。

ここから北へ向かえば、メイン湾となる。これはまたエーゲ海そっくりの風景。近くに住む友人のスキナーを訪ねる。昔、諏訪之瀬島にいた彼は、今は伊勢エビに似たロブスターの漁師。彼と一緒に大きな河口へ出て、深い泥に仕掛けた罠を引き上げると数匹のエビ。彼はヨットも造っていて、来年完成するそうな。

(8月中旬)

12. 生態地域グループが集まれば

メイン州は、森と湖。「第4回北アメリカ・バイオレジオナル・コングレス」が、大きな湖のほとりで1週間のキャンプイン。

それぞれの地方の、生態系に根づく未来像を皆で考えよう。

例えば、北アメリカのそれぞれの州は、緯度と経度に仕切られていて、まことに不自然。山脈や川などの、自然な設定に戻すべき。それぞれの土地の独自性を、尊重しよう。

日本で例を探そう。相模川の始まる桂川の源流域は、関東平野のはずなのに、山梨県とはこれいかに？

もちろん中央集権には反発する。自然保護、フリースクール――、当たり前。新しい経済と社会の仕組みは、いかにあるべきか。幾つかのグループ別に、討論は続く。

長い論議に飽きた僕は、湖で泳ぎ、カヌーを漕ぐ方に夢中になっていく。そのうち、リポートが届くはず。

合衆国のとりわけ辺鄙な地方から、またカナダ、メキシコなどから集まった300人と、やっと顔なじみになったところでオシマイ。

この集まりで印象に残るのは、ミニコミ文化の強さ。1960年代から続くこの流れが、1990年代にどのような花を開き、実を結ぶか。（8月19日〜26日）

13. エリートよ　あっちの水は　苦いぞ

ボストンの北にある高等学校に呼ばれて、詩の朗読会。ここは、実力全米一と言われ、合衆国からだけでなく、50カ国からの秀才を集めている。ここ“フィリップ・アンドーバー・アカデミー”には、僕の前にブッシュ大統領が演説に来たそうな。

さすがに優秀な生徒を集めているだけに詩を読む方も面白かった。

彼らを、権力の側に追いやってはなるまい。こっちの水は甘いぞ。（9月19日）

14. なりわいを祭れ

「カウンティ・フェア（産業振興会）」をのぞく。海、川、湖に恵まれた土地柄、優れた木造りのカヌーが並ぶ。川下りの好きな人間には、たまらない誘惑。今度生まれる時は、船大工になろう。

鶏、山羊、豚、牛、馬と、見事な家畜がずらり。惚れぼれと動物たちに見とれる、自分にびっくり。おいしいチーズがあり、畑のものが、木彫りの作品と一緒に並んでいる。

松本市の「クラフト・フェア」も、これくらいやらなくちゃー。ビデオに撮って貰った、そのうち——。

15. レッドウッド・サマー

日本杉と、従兄弟くらいの関係にあるこの樹は、北カリフォルニアの海岸近くの森に分布。全長110mを越えるものもある。

この樹を愛し将来に残したい人たちと、古代から続く森を札束としか見ない林業会社との間に、厳しい緊張が延々と。

特にこの夏は「レッドウッド・サマー」と名付けて、キャンペーンが繰り広げられた。自然保護グループや、支援の人々の努力にもかかわらず、状況が決して明るくないのは残念。

（90年夏）

16. 先住民の怒り

毎年12月初め、ズニの人たちは“シャラコ・セレモニー”を祭る。雪の中で徹夜の、歌と踊り。

ところが今年に限って、祭を公開しないことになった。去年、大型バスで乗り込んだ白い観光客たちが、ズニたちの思いを全く尊敬しなかったからだ。この知らせ、思わず胸が痛んだ。

ホピの村へは、ちょっとだけ立ち寄った。文化センターで肉と豆の昼食。いつものことながら、かれらのマナーは穏やかで、こちらを楽にしてくれる。

南では、メキシコとの国境の両側にヤキとパパゴが住んでいて、特にヤキの鹿祭に参加したかったが、間に合わなかった。

それでもツーソン市での僕の朗読会に、ヤキの人がたくさん来てくれ、“これで十分”の詩を歌を、ヤキ語で歌いたいと言ってくれた。うれしいね。

17. 第三世界の梅干

　メキシコ領の街ソノイタで、乾いた梅干を買う。20個入りで定価2千ペソ。日本円では100円。インフレの波に呑まれていく、第三世界。

　国境を越えた途端、少年たちがジープに群がる。手に手に雑巾とバケツ。勝手に車の窓をふいて「オカネチョーダイ」。混乱と貧困の原因は？　リッチな日本人であることの恥ずかしさ。

　いつかニューヨークで、人類学者の知人から聞いた話を思い出す。アフリカ、コンゴの森で会ったピグミーが手を出すので、ドルを渡そうとしたら、「“円”をくれ」と、言われたそうな。恥ずかしや、うらめしや！

18. 日本人とは

「ただの、金持ち」だそうな。

　寂しいことに、ただの金持ちでしかないのだが、悪いことでは世界一。材木、鮭、鯨、エビ、ウニと、日本人は買いまくる。

　日本人がメキシコの珍しいサボテンを、次々とかっぱらっていくのを見るのは嫌だ。

　アマゾンや東南アジアの熱帯雨林の伐採について、耳にタコができるほど、僕はいじめられてきた。

　この盲目の時代に、静かに大地と向かい合っている日本人のある部分を信頼するが、幻想の毒はしたたか。だが黒潮の本流は、ゆったりと流れている。

　無駄なところで疲れないよう、工夫しよう。例えば、お金を街の銀行に任せず、合衆国の“クレジット・ユニオン”のように、“仲間による仲間のための銀行”は、できないものか。市中銀行に預けた金は、何に使われるか、どこへ行くのかが見えない。ちゃんと透けて見えるシステムが、必要だろう。
　労働も、また幻想の一つ。日本へ着いたら、勤労感謝の日にぶつかって、あわてた。働いているのは、太陽と地球じゃなかったっけ。人間は、地球を駄目にするため働いているのかも。
　合衆国ではこの季節に、収穫感謝祭となる。サンフランシスコを離れ、東京へ向かう日の朝食で、だれかがつぶやく。
「間もなく、サンクスギビングだが、だれに感謝するのだろう」
「神様に決まってるさ！」
「違う、母なる大地だよ！」
「ナナオは、どう？」
「胃袋に感謝しよう」　　（11月27日）

＊Gary Snyder, *The Practice of the Wild.* San Francisco：North Point, 1990. 重松宗育・原成吉訳『野性の実践』（東京書籍，1994年）。改訂版（山と溪谷社，2000年）。

カナダ
セントローレンス河
ロッキー山脈
メイン州
ボストン
ボールダー
サンフランシスコ
チャコ キャニヨン
シエラ ネバダ山脈
アパラチア山脈
ツーソン
ソノラ砂漠
メキシコ

ビッキ　サーモン

ビッキ　ビッキ
ビッキ　サーモン　泳いでいる
ナナオ　サーモン　泳いでいる
アレン　サーモン　泳いでいる
ゲーリー　サーモン　泳いでいる
ブラックエルク　サーモン　泳いでいる
一茶　サーモン　泳いでいる
老子　サーモン　泳いでいる
エゾ狼　サーモン　泳いでいる
コロポックル　サーモン　泳いでいる
山んば　サーモン　泳いでいる
みろく菩薩　サーモン　泳いでいる
北十字星　サーモン　泳いでいる

晴れ告げる積雲　冷たい西風
震える　ナナカマドの赤い実
十月の朝　明けて
北海道　天塩川の岸に立っている

この川　今は　まっすぐに曲げ直され
セメントで固めた　堤防の上
密漁者が落としていった　筋子　点てん

オリオン座　夕空に高く

真雁　大白鳥　南へ羽ばたき
楓の葉　朱に燃え
山烏茸　山ブドウ　人を山に呼ぶ日々

妻恋し　エゾ松の林にエゾ鹿鳴く　秋の盛り
オホーツクに　流氷光る前

生まれの水と森　なつかしや
季節たがえず　北太平洋から
母なる川さかのぼる　鮭の群れ

鮭とは　ヒグマには　血と肉
アイヌには　カムイチェップ　神の魚
ヤマトンチュウには　ハレの日の魚

母なる川　小石多く
ここに待ち　力たくわえ　さらに待ち
死と誕生つなぐ　浅瀬めざし
ぐいと泳ぎのぼる　魚たち　きらら

聖なる必然のベルト　たのみ
神秘の水の糸　たぐり
今日　ここに　卵産み
今日　ここに　命　果てようと

されば　アイヌ生まれのアーチスト
ビッキもついに　時　満ちて

生　成　流　転
自ら刻む版画に　鮭の姿　借り

今は　眼あり　鼻あり　鱗あり　入墨あり　心ある
体長70cm　神の魚　ビッキ　サーモン

胸ビレ　背ビレ　腹ビレ　油ビレ　尻ビレ

さても河川敷　今日かざるは
捨てられた　テレビ　冷蔵庫　乗用車
流れに浮くは　農薬　酸性雨　放射能

毒と破滅の流れに　さからい
般若心経　つぶやきながら
ビッキ　サーモン　泳いでいる

この曲がれる世に
鮭の思い　よこしまならず

さざ波　さらさら
歌え　舞え　流れのままに
歌え　舞え　命のままに
歌え　舞え　友ら　つれだち

ビッキ　サーモン　泳いでいる
ナナオ　サーモン　泳いでいる
アレン　サーモン　泳いでいる

ゲーリー　サーモン　泳いでいる
ブラックエルク　サーモン　泳いでいる
一茶　サーモン　泳いでいる
老子　サーモン　泳いでいる
エゾ狼　サーモン　泳いでいる
コロポックル　サーモン　泳いでいる
山んば　サーモン　泳いでいる
みろく菩薩　サーモン　泳いでいる
北十字星　サーモン　泳いでいる

ビッキ　ビッキ
ビッキ　サーモン　泳いでいる

1989年10月
天塩川

＊砂澤ビッキ　アイヌの木彫刻家、1931〜1989年。ビッキは、アレン・ギンズバーグ、ゲーリー・スナイダーと会いたがっていたが、チャンスはついに来なかった。

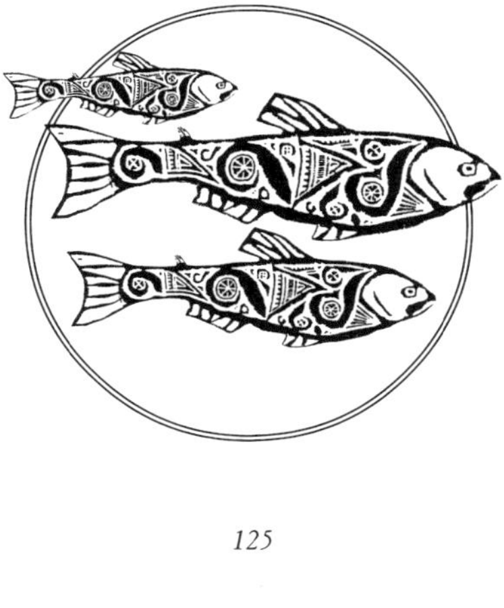

カット＝砂澤ビッキ

ジプシーが　砂に残した　灰の歌

春めぐり
村に　ジプシーがやってきた

菜の花わたる　風に乗り
川ねずみ　ヌートリア泳ぐ　水辺をたどり
村に　ジプシーがやってきた

白いつばさ　アジサシ　空の青にひらめき
銀の背びれ　若鮎　水の緑にきらめく
流れのほとり
石の河原に　テント張り
流木の炎に　玄米たいて
砂に　歌と踊りの灰　のこし
朝には　歩いて　どこかへ消えた
ジプシーが　砂に残した　灰の歌

　　山のあなたの空　とおく
　　緑の森に　川流れ
　　川の向こうに　海ひろがり
　　海の向こうに　陸ひろがり
　　緑の森に　川流れ
　　見知らぬ　鳥うたい
　　見知らぬ　けもの歩き
　　見知らぬ　花の森ふかく

しずかに　人の住むという

山のあなたの空　とおく
見知らぬ　花の森ふかく
しずかに　人の住むという

ジプシーが　砂に残した　灰の歌

1991年4月
長良川中流

＊ヌートリア　Nutria Myocastor Coypus　南米原産、体長90cm、日本の川に分布を広げつつある。

ココペリ

“私は　歌
私は　ここを　歩く”
——古代ホピより

ここは
夜明けが　君と出会う　ところ

ここは
そよ風が　君と出会う　ところ

ここは
花々が　君と出会う　ところ

ここは
鳥たちが　君と出会う　ところ

ここは
歌が　君と出会う　ところ

私は　歌
私は　ここを　歩く

1992年4月

どこか　水の惑星の上

初めに森ありき　ぶなの森ありき
　森　雨を集め　川を刻み
　　川　息づく命のすべてを　養う

ここに　山んばと河童の流れ　汲む者ら
　ある夏のさかり　どこか
　　水の惑星の上　とある
　　　川に沿い　海へと歩き下れば

道の上は　太陽の炎の矢たば
　ある日は　心ゆくまで　雨にぬれそぼち
　　藪には　ぶよ　蚊　だに　いもり　まむし　待ち
　　　夜空の闇深まれば　月と星ぼし　さらに明らけく

流れのままに歩き下り　出会うは
　ひとり淀みにうずくまる　おおさんしょううお
　　恐竜の終わり　原子力時代の終わりも　知らぬ顔

つづいて　縄文の壺
　夏の稲妻に打ちくだかれ　砂にうずくまり
　　人を待つ　五千年

ぽかり　ぽかり

　空にまぶしい　あれは
　　白磁の壺か　晴れ積雲か

台風はるか　聞くは
　揺れる葦の穂先にとまる　おにやんま
　　かすめ飛ぶ　つばめの羽音

同じ流れにさざめき　どよめく　うたかたは
　さざなみと　人の子
　　太陽の光が結ぶ　露のしずくたち

河原の石の上　流木の炎に玄米炊けば
　なつかしや焚火の匂い　縄文の森の匂い――
　　神さびる　ぶなの森　さらにいくつか
　　　今日うなる　ゴルフボールの津波に　沈もうと

これは森と海　また昨日と明日　つなぐ流れ
　流れに立つ　釣人の腕につづく　釣竿につづく
　　釣糸につづく　釣針あたり
　　　銀にきらめく　あれは
　　　　鮎　それとも　生活排水の泡？

いつか　海からやってくる　昨日からやってくる
　迷子の座頭鯨
　　この川を　さかのぼり

やがて　海からやってくる　明日からやってくる
　数知れぬ　鯨たち
　　いにしえの森　なつかしみ　川さかのぼり
　　　今生きる　ぶなの森　なつかしみ　川さかのぼり
　　　　川　さ か の ぼ り——

1992年8月
長良川、郡上八幡

友よ

よかれ　あしかれ
なるようにしか
ならなかったことは
かつて　ない

だから　友よ

なやむより　歩け
歩くより　走れ
走るより　飛べ
飛ぶより　眠れ

友よ

1993年2月
タスマニア、ルーンリバー

魔法の小袋

西アイルランド
聖なる　クロー　パトリック山に　詣でようと
勇んで登る道すがら　あな　おかし
いつも　腹に巻く　魔法の小袋　見つからず

黒　白　紫　グアテマラの色冴えて
木綿づくりのあの袋
いつからか私の腹を　巻いてきた
袋の中身
　　　　アイルランド　5ポンド紙幣一枚
　　　　アーミーナイフ
　　　　万年筆
　　　　虫眼鏡
　　　　サングラス

アイルランドの街かど
たらのフライとポテトチップス　二人分
5ポンド紙幣は　昨日からやってきた

1988年　ニューヨーク
詩人　アレン・ギンズバーグがくれた　アーミーナイフ
いつも私のそば　離れず
アレンのように　いい仲間

あざやかに　きびしく
年老いた星の光るよう
万年筆は　私の魂
沢山の詩を　書いてきた

限り知らぬ　命のつながり――
虫たちの卵　花々の種子　また　銀河系の未来
たしかめるのは　使いなじんだ　虫眼鏡

まな路のかぎり――
虹　日がさ　さらに　日がさにかかる　さかさ虹
サングラス　あれば　さらによし

さて　時は　熟した
君らすべてを　いま
聖なる　クロー　パトリック山に捧げよう！
では……いい旅を！

1993年秋分

＊Mt. Patrick　標高800m。キリストの教えを伝えようと、アイルランドを訪れた聖パトリックが、西暦441年、この山の岩屋で40日の修行。

“篤く　三法を　敬《いやま》え”

“ブッダム　サラナム　ガッチャーミ
ダンマム　サラナム　ガッチャーミ
サンガム　サラナム　ガッチャーミ”

“佛に　帰依し　奉る
法に　帰依し　奉る
僧に　帰依し　奉る”

この年　この秋
かたじけなくも　佛陀　釈迦牟尼
衆生済度の誓い　新たに
文殊菩薩を　日出づる国　若狭の浜へ　送り給う

“アンタガタ　ダレサ
ドコカラサ”

150億年前　　ビッグ　バン
45億年前　　地球誕生
30億年前　　いのちの　はじまり
50万年前　　北京原人
2557年前　　佛陀　釈迦牟尼
1994年前　　イエス　キリスト

1390年前　聖徳太子　十七条憲法
49年前　広島　ピカドン
7年前　チェルノヴィリ　原発事故

“カゴメ　カゴメ
カゴノナカノ　トリハ
イツ　イツ　デヤル”

この年　この秋
かたじけなくも　文殊菩薩
衆生済度の誓い　新たに
日出づる国　若狭の浜に　立ち給う

いま　若狭の浜なる　文殊菩薩
原子力発電所に　現れ給い
惜しみなく　その血と涙　そそいで
燃え盛る　プルトニウム　地獄の炎　消し給い
慈悲の光もて　末法の世を　照らし給う

されば　高速増殖炉もんじゅは
放射能汚染の　恐れなく
核爆発　起こすことなく
原子爆弾　作ることなく

やがて21世紀へ続く　この空の彼方
文殊菩薩の慈悲を　光と頼み

千万の命の形と　手をつなぎ
人は生まれ　死に　また生まれ
惑星地球　終わる　その日まで
平和に　幸福に　生き続けると

しかも　広島　長崎
さらに　チェルノヴィリとつながる
しゃれこうべの輪から　したたる
赤い血と　黒い涙
惑星地球　終わる　その日まで
染め続けるよ　地平線

この年　この秋
かたじけなくも　文殊菩薩
衆生済度の誓い　新たに
日出づる国　若狭の浜に　立ち給う

“佛に　帰依し　奉る
法に　帰依し　奉る
僧に　帰依し　奉る”

“ブッダム　サラナム　ガッチャーミ
ダンマム　サラナム　ガッチャーミ
サンガム　サラナム　ガッチャーミ”

1994年10月

この花　多年草

名古屋市の外れに　今朝むかえれば
秋晴れの空に　絹雲ながれ
友の庭には　ぶらり　40cm のへちま君
畳一枚ほど　セメントで囲った　水田ひとつ
今日は　まず　稲を刈り　幸福を刈ろう
明日は　河口から　源流まで　225km
長良川を歩く　二週間

名古屋市から　南はるか
どこか平和な村に　ひとり住む
彼女は　89歳
台所　よちよち歩き　つぶやくは

“家の中　家の外
きれいにしてから　死にたい”と

大正3年　桜島大爆発
昭和20年　鹿児島市　大空襲
一世紀近い　生活の垢と塵
おびただしい本　衣類　生活雑器

広い庭を　埋めつくす
ツバキ　ツツジ　クスノキ　ススキ
樹々と草　シダ類　コケ類

さらに　蛇の巣　クモの巣
ミミズの巣　キノコの巣
冬には　シベリア育ち
キレンジャクも立ちよるそうな
この庭　密度において
ロンドン王立植物園にも　負けないぞ

さて　この僕
日本の　あちこちばかりか
北アメリカにまで　置いてある
本　音楽テープ　衣類　ピッケル　スキー

僕だって
天国へは　身ひとつで　引っ越したいよ

ちょっと　待って！
21世紀はじめ　日本列島は
ゴミ帝国ナンバーワン　さらに
東京タワー　長良川河口ぜき　高速増殖炉もんじゅ
長野冬季オリンピックとつづく
20世紀日本の恥を残して
誰が死ぬ

名古屋市から　車はるか
北アメリカ　シエラネバダの山に住む
詩人　ゲーリー・スナイダーからの手紙

“明日　朝　ヒマラヤへ出発
　チョモランマに向かって
　ナナオから　よろしくと伝えるよ！”

北へ向かう　インド亜大陸に押され
チョモランマは　今日もチョッピリ　ツマサキダツヨ

風は　北
僕も　背を伸ばし
さぁ　長良川を　歩こう

1995年10月

泣かないで　吉野川

水の惑星　ヤポネシア　豊葦原《とよあしはら》
紀伊水道と　豊後水道　むすぶ
中央構造線　たどり……

　　　これは　聖なる　流れ
　　　これを　川と　人は　呼ぶ
　　　これを　吉野川と　人は呼ぶ

大地の力こぶ　四国山脈の　峰みね　たかく
大地の血脈　谷だに　ふかく
雪と雨と　ブナの森の樹液あつめ
おおぼけ　小歩危と　走りすぎ
流れ　ゆるめては
千枚田に　田ごとの　月うかべ……

今は昔　吉野川が　21世紀を夢見るころ
ラクダも通わぬ　杉の植林と
コンクリートブロックの砂漠を
金の木馬が　ゆきました
金の鞍には　曰くありげな　おえらいさん
アタッシュケースに　携帯電話

こちらは　流れ休まぬ　吉野川
その美　その力　その富　惜しみなく

ここに　荘厳の旅　終わり　海に
母なる海に　かえろうと
紀伊水道へ近づく　流れにさからって
ふいに　そそり立つ　あれは
あれは　金メッキの　河口ぜき

魔法の城　河口ぜきの　おひざもと
干潟から　姿消すのは　シオマネキ
なぎさから　姿消すのは　チュウシャクシギ
双眼鏡から　姿消すのは　ミサゴ
未来から　姿消すのは　バードウォッチャー

コンクリートの穴に住み
シオマネキ　そっくり
肥大した　片方の手　ふりかざす
第三石器文明の　明日は　いかに

泣かないで　吉野川！

　　お前は　聖なる　流れ
　　お前を　川と　人は　呼ぶ
　　お前を　吉野川と　人は　呼ぶ

泣かないで　吉野川！

1996年11月
中央構造線、大鹿村

21世紀には

（１）21世紀には

ほんねが　ない
たてまえが　ない
根まわしが　ない
やらせが　ない
いじめが　ない
なれ合いが　ない
八百長が　ない
親の七光りが　ない
天下りが　ない
勲章が　ない

（２）21世紀には

ホームレスが　ない
ヤクザが　ない
タレントが　ない
おえらいさんが　ない
人間国宝が　ない
ノーベル賞が　ない
世界遺産公園が　ない
精神病院が　ない
刑務所が　ない
死刑が　ない

（3）21世紀には

紙おむつが　ない

トイレットペーパーが　ない

おりこみ広告が　ない

ダイレクトメールが　ない

週刊雑誌が　ない

マンガ天国が　ない

ウッドチップが　ない

輸入木材が　ない

難民キャンプが　ない

PKO が　ない

（4）21世紀には

化学調味料が　ない

アトピーが　ない

煙草が　ない

肺がんが　ない

アルコール中毒が　ない

糖尿病が　ない

グルメが　ない

ダイエットが　ない

餓死が　ない

天国が　ない

（5）21世紀には

ファミコンが　ない

自動販売機が　ない

健康ドリンクが　ない
エイズが　ない
パチンコが　ない
カラオケが　ない
携帯電話が　ない
ブランド商品が　ない
先進国サミットが　ない
ミサイルが　ない

（6）21世紀には
電子レンジが　ない
冷暖房が　ない
テレビショーが　ない
イルカショーが　ない
コマーシャルソングが　ない
夏の甲子園野球が　ない
オリンピックが　ない
インターネットが　ない
宇宙ステーションが　ない
テトラポッドが　ない

（7）21世紀には
ミネラルウォーターが　ない
カルキ入り水道が　ない
排気ガスが　ない
ダンプカーが　ない
農薬が　ない

廃村が　ない
老人ホームが　ない
サンタクロースが　ない
遺産相続が　ない
犬猫墓地が　ない

(８)21世紀には
ゼネコンが　ない
汚職が　ない
河口ぜきが　ない
新幹線が　ない
高速道路が　ない
中性洗剤が　ない
公害が　ない
産業廃棄物が　ない
ヘドロが　ない
酸性雨が　ない

(９)21世紀には
消費税が　ない
ゴルフ場が　ない
建国記念日が　ない
ヴァレンタインズデイが　ない
予備校が　ない
落ちこぼれが　ない
エリートが　ない
科学の永遠の進歩が　ない

チェルノヴィリが　ない
広島　長崎が　ない

（10）21世紀には
子供に　笑顔が　ない
鳥に　歌が　ない
畑に　みみずが　ない
川に　やごが　ない
森に　きのこが　ない
サンゴ礁に　魚が　ない
砂漠に　太陽が　ない
大地に　雲の　影が　ない
虹に　色が　ない
天の川に　星が　ない

（11）21世紀は
ないないづくし　ないづくし
それでも　どこかに
——風のたより——
21世紀の　どこかに

浦島太郎と乙姫様が
　いるそうな
浦島太郎と乙姫様が
　いるそうな

1996年10月
韓国、釜山市　国連軍墓地

惑星地球に生きるなら

住むは　星と虹の　となり
鹿の耳ふたつ　風のたよりを　頼みとし
猿の四つ足　山と水　ひたすら歩き

野生たっぷり　人間ほどほど
はたらきは　汗と思いの　流れるままに

友　遠方より　きたる
大根なべあり　どぶろくあり　歌あり

影のかげ
スーパーマーケット　病院　銀行　はるかにとおく

地平むなしや　権力しずみ

仰ぐは　太陽と月

1997年1月
赤石岳

バイ　バイ
アレン・ギンズバーグ

“出来ることから　始めたまえ
出来ないことは　止めたまえ”

春　うらら
犬鷲ひそむ　山路たどれば
むらさき冴える　ちっちゃい　花のつり鐘
ハシリドコロと　人は呼ぶ

“それがしは　青ぐされ
うらなりひょうたん　なんとしよー”

“思いのほかに　ひっそり座れ
脳味噌おとして　舞いあがれ
この世は　夢よ　ただ　狂え”

ギシギシのおいしい新芽　食べちまったは
エテ公　鹿　猪　それとも　熊？

“愛に　かわくなら
土ふまずで　泣きなさい

日々　これ　好日
へその　奥で　笑いなさい”

しじまに　きらめく
あれは　稲づま

森に　ひらめく
これは　シジュウカラ

永遠の　五分前
春風よ　いつまた　かえる

1997年4月
赤石岳

祈る

種として
ホモサピエンスは
ゴーマン

国として
日本は
ゴーマン

人間として
私は
ゴーマン

では　歩いて　ゴミタメに　もどろう

1997年6月
南房総、洲崎灯台

命　なりけり

栗の木に　栗の花　咲いて

栗の木に　太陽　ぶらぶら

栗の木に　栗の実　みのり

栗の木に　しぐれ　さらさら

栗の木に　栗の実　ぽとり

栗の木に　雪　きらきら

栗の木に　春風　もどり

栗の木に　栗の花　咲いて

命なりけり　栗の木は

1997年6月
むさしいつかいち

今度　生まれる　ときは

どっぷり　汚れた　雑巾　片手
掘ったて小屋の窓ガラス　拭き終われば

果て知らず　空晴れて
春待たず　咲き狂うかよ　ラッパ水仙
樹々の根っこ　嚙みちらす
瓜坊の森　近く
立ち小便しながら　眩く

今度　生まれる　ときは
雑巾に
瑠璃色の　雑巾に　なろう

使えば　使うほど
今日の空に　近づく
瑠璃色の　雑巾になろう

おのれを　汚して　窓ガラスを
台所を　便所を　拭きあげよう
また　差別を　戦争を　拭きとばそう

もし　世界が　あるならば
その　片隅から　磨くとしよう

もし　永遠が　あるならば
いつもの　一瞬を　輝かすとしよう

冬至過ぎて　十日あまり
母なる太陽　ギン　ギン

不意を打つ　北の突風
森の枯れ葉を　吹きちらせば

まぶしい　真昼の星　背なに
赤茶けた　翼　きらり
舞い降りてくる　迫ってくる
あれは　鷹　それとも天狗　もしかすると UFO ？

大地へ沈む　影　追えば
アリャリャ　たなごころへ　沈む
赤茶けた　小楢の枯れ葉

太陽コロナの　花園に住み
果て知らず　虹の根っこ　噛みちらし
人は　呟く

今度　生まれる　ときは

1998年1月2日
伊豆半島

宇宙一周の旅ごろも

宇宙一周の　旅ごろも
ふと　立ちどまる
ここ地球は　九月の空の下
エゾ松　カシワ　ヒグマの森

　　ヤマブドウ　コクワの実　青く固く　群れて
　　人かげの前に　後に　孔雀蝶　群れて

　　雨すだれ　遠ざかり
　　乗用車のわだちに　並び横たわる
　　蛙一ぴき　青大将一ぴき

蛙　　は　青大将に　喰べられる
青大将は　自動車に　喰べられる
自動車は　鉄さびに　喰べられる
鉄さびは　空 気 に　喰べられる
空 気 は　蛙　 に　喰べられる
蛙　　は　青大将に　喰べられる
青大将は　……

　　森の下ばえ
　　人の背ほどに　とある草　群れて
　　草には　謎めく　青むらさきの花　群れて　……

マルハナバチ　一ぴき
トリカブトの花に　喰べられた
と　思ったら
なんと　この蜂
花粉まみれの　旅ごろも
宇宙の果てまで　飛んでった

1998年9月
北海道、剣山

足の裏なる　歩き神

富士　まぢか
ひとりごち　とろとろ登る　山の道
“昨日は　グチの　ぐちの　愚痴の……
　歩きの今日は　夢　まぼろしの　波乗りの……
　明日は　むらさきかすむ　山なみの……”

山靴　鳴らす　火山礫
急に登れば　尾根ひらけ
ふと　立ちどまり　息をのむ

　　　やせにやせ　背たけもつまり
　　　なお　青むらさきに　咲きいでる
　　　あれは　トリカブト

　　　枯れにかれ　霜にしおれ
　　　なお　大ぶりに　咲き残る
　　　あれは　富士アザミ

　　　ちびもちび　蛇まだらの茎に立つ
　　　赤とみどり　実りの宝石
　　　あれは　マムシグサ

眼路《まなじ》のかぎり　富士の裾野は　荒れにけり
ここに　ひびく　矢おと　太刀おと

ここに　流れる　鹿　猪　の　血と涙
将軍　頼朝の巻狩は　七百年の　その昔

今日　この耳と胸つんざく　轟音は
あの　実弾射撃は
裾野を走る　死神の制服は
あれは　ジャップ？　ヤンキー？　それとも火星人？

山やまよ　花ばなよ　鹿よ　猪よ
大砲よ　昨日よ　明日よ

一歩　また　一歩
人は　歩きはじめる

“立ちどまるも　また　よし”と　つぶやくは
足の裏なる　歩き神

1998年11月

姉妹《きょうだい》よ

ジャングルつらぬく　ほこり道
サファリジープは　ふいにとまる
道から8メートルの砂場に　トラ
すべて　黒と金色の　しまもよう

　ベンガルタイガー
　小さめの頭と顔　きっと雌
　せり出した　おなか　きっと　子持ち

　　虎よ　なぜ　ここに
　　なぜ　ジャングルへ　とびこまぬ
　　なぜ　ジープを　とびこえぬ
　　なぜ　カメラを　けっとばさぬ

時は　とまり
おのれの心臓のときめきを
虎のそれかと　聞いている

　人々の沈黙の輪から　やがて
　虎は　ジャングルへ　すがた消す
　音立てず　影見せず

　　人々のため息と　ほほえみ積んで
　　ジープは　また　動き始める

虎の足あと　我が胸のうずき　砂に残して

1999年2月
ネパール、チトワン

ナマステ

花崗岩もどき　人工の石のベンチ
ベンチにすわって　ふと　首かしげる
もしかすると　これは　ギロチンの椅子
それとも　蓮のうてな

北インド　ブッダガヤと　呼ばれる村
その陰で　佛陀が　悟りひらいた
菩提樹の　西にひろがる　公園のベンチ

公園の外は　シャカムニが　呼んできた
巡礼　ツーリスト　物売り　乞食　ペテン師
　どろぼう　おえらいさん
ニワトリ　イヌ　ヤギ　イノシシ　ウシ
　ウマ　ニホンアシ
自転車　人力車　三輪タクシー　四輪タクシー
　バス　トラック
砂ぼこり　排気ガス　騒音

公園の中は　樹々　花ばな　蝶たちに呼ばれた
鳥ども　昼まっから　らりってばかり

この　ベンチに
昨日　すわったのは　佛陀
今日　すわっているのは　私

明日　すわるのは　人類の死刑執行人
それとも　佛陀ナンバーツー

1999年2月25日　午後3時
陽は　まだ高く　風　熱く――
公園のみじめな　樹々から
薪になる　落ち枝　ひろい歩く
母と娘の　二人づれ
小声で　ナマステ
こちらも　ナマステ

陽は　かげり　夕あかり　立つ
もう一度　風に聞く
これは　ギロチンの椅子
それとも　蓮のうてな

ふり仰ぐ空に　浮雲の足　かるく
いまは　ベンチに　別れをつげる
ナマステ

1999年2月

カトマンズの丘に登り
はるかにチョモランマを望む

一年に　5cm
インド亜大陸は
ユーラシアプレートを　押し上げる

一年に　9cm
太平洋プレートは
日本海溝に　沈みこむ

君の心臓つらぬく
キューピッドの恋の矢は
秒速30万光年

大きな鎌かついだ　死神は
いつでも　たった今にでも
君のなま首　刈りとるつもり

そのうち
チョモランマの頂上で
昼寝でもするか

1999年1月

モー　イイヨ

私は食べる　　牛を
私は食べる　　牛ガエルを
私は食べる　　牛ガエルを食べるウナギを
私は食べる　　牛ガエルを食べるウナギを食べる人間を

人を喰ったやつなので
私は食べる　　数字の一を
私は食べる　　一を食べる十を
私は食べる　　一を食べる十を食べる百を食べる千を
私は食べる　　万を　億を　兆を　無限を　零を

私はゼロ
私は食べる　　もういない　私を
私は食べる　　もういない私を食べる私を
私は食べる　　……食べる……食べる……

遠く　近く
　　　　　　“モー　　イイヨ”
牛ガエルが　鳴いている
　　　　　　“モー　　イイヨ”
梅雨の夜は　ながく
　　　　　　“モー　　イイヨ”

1999年6月
みちのく、相馬

チャック

チャック・ダッカム
ワイオミング生れ　鉛管工　禅佛教徒
昔は　かわいい坊や　しばらくは頼もしい　ぢいや
いま　すい臓と　胃と　腸に　重いガンかかえ　明日にも
三途の川を　渡ろうと

ある秋　北アメリカ　カリフォルニア　シエラの森に　チャックを訪ねると
——ゆうべ　キッチンの外に　黒熊よ！
　　棒ふりまわし　どなって
　　そいつ　追っぱらったんだ
——すげえな　それで　熊の名は？
——そんなの　知るもんか！
——僕知ってるよ　その熊の名は　チャック！

そのチャックが　三途の川を渡ろうと——
しばしの別れ　見送らずば——
ここ西太平洋　福島県相馬海岸から
東に向えば　霧のサンフランシスコ
泳いだら　何日かかる？
はて　三途の川は　この太平洋より　広いのか

今日　海荒れて
カリフォルニアからやってくる

大きい　うねり　また　うねり
　　チャックのように　　ストレート
　　チャックのように　　威勢よく
　　チャックのように　　きまじめで
　　チャックのように　　気まぐれで
　　チャックのように　　薬の利いた　でっかいオメメ

　　チャックよ　　忘れるな
　　君が追っぱらった　熊の名は
　　チャック！

1999年8月

九月よ　バイバイ

ツバメは　　　南へ　もどろうと
トンボは　　　ヤゴへ　もどろうと
ススキは　　　種子へ　もどろうと
オリオンは　　真冬の夜へ　もどろうと
海は　　　　　満月へ　もどろうと

　しばらく
　病院のベッドに　キャンプイン
　右手首　左ひざ　ままならぬ

ななおは　　　砂漠へ　もどろうと

　九月よ
　バイバイ

1999年9月30日
伊豆半島

おかしいね　おかしいね

女は　みんな　美人
だったら　ミスユニバースなんて　おかしいね

人間は　みんな　地球のたから
だったら　人間国宝なんて　おかしいね

山は　みんな　すばらしい
だったら　日本百名山なんて　おかしいね

地球まるごと　太陽の遺産
だったら　世界遺産なんて　おかしいね

母なる太陽　その耐用年数　百億年はもつだろう
祖国日本の耐用年数　君も知らない　誰か知ってる？

公共土木事業　地球こわして　もうけるあいつ
だったら　公共なんて　おかしいね

2300年前
縄文日本は　原子力発電　かかわらず
明日　原発からの放射能に
ゆっくり　しっかり　殺される　平成日本
だったら　ヘイセイ　なんて　おかしいね

1999年11月

直立猿人

徳冨蘆花へ

雪の根釧原野を　丹頂鶴の舞うように
流氷のオホーツクを　大鷲の舞うように
凍てつく　札幌湿原を　エゾ狼の舞うように

真夏の夜ともなれば　　ガガンボが
直立猿人とつれだち　　イルミネーション求めて
わさわさと　　札幌駅に　やってくる

“19：00発　霧多布経由　原蝦夷行特急列車に
お乗りの方は　20番ホームへお急ぎ下さい
この列車には　徳川幕府発行のビザが必要です”

直立猿人の　おばちゃんが
コンコースで　電光ニュースに見とれている

待合室にすわり　スポーツ新聞から　顔あげた
直立猿人の　おぢいが　あくびを　かみころす

厚化粧した　直立猿人が
トイレットの鏡に向い
なにやら　つぶやき　にんまり　笑う

ティーンエイジャーの直立猿人が
地下街に群れ　ハンバーガーを喰べ

コーヒーすすり　まずい煙草をふかしている

マイホームへ急ぐ　直立猿人の波また波が
1番ホームの階段を　かけのぼりかけおりる

2番ホームの片すみ
直立猿人のカップルが
たのしそうに　けんかしている

3番ホームでは
お偉いさんを見送りに来た
偉くない　直立猿人たちが
万歳を　3回　くりかえす

アイヌより　強く
ヒグマより　強く
悪魔より　強い　直立猿人　数知れず
札幌の夏は　いまさかりなり

“20：00発　知床岬経由　21世紀行
臨時列車に　お乗りの方は　22番ホームへお急ぎ下さい
この列車には　天国政府発行のビザが必要です”

雪の　根釧原野を　丹頂鶴の舞うように
流氷のオホーツクを　大鷲の舞うように
凍てつく札幌湿原を　エゾ狼の舞うように

1999年11月

＊エゾ狼　19世紀末に絶滅。

どうすりゃ　いいの

なにも　ないと　しても
この宇宙には
せめて　地平線ぐらい欲しい

地平線の向うから
ゆっくり　昇ってくる
太陽がいて
地平線のこちら　のんびり
座っているのは　私

太陽と私の
間を　まず　光度マイナス四等の
金星かけのぼり
金色のひとみ　おいかけて　いま
昇ってくるのは　月齢27
赤い爪《つめ》した　お月さん

キリスト紀元　2000年
2月3日　午前5時
人呼んで　月と
金星の　ランデブー

どうすりゃ
いいの　こんなとき

2000年2月

庭

太陽系のどこか
水の惑星の　どこか
北緯19度　西経155度あたり
ここに　友の小屋あって　庭あって

くれないにおう　ブーゲンビリア　花いかだ
高だかと　大きくみのる　ココナツ
数知れず　ぶらさがる　小さいマンゴー
色みどり　味みどり　さえる　アボカド

　　庭をさらに　かざるのは
　　名前をまだ知らぬ
　　たくさんの花
　　くだもの　鳥たち　星たち

祈る——
　　この庭　永遠ならぬよう

2000年3月

庭に鳥

庭に鳥
壁にヤモリ
椅子に私

　　鳥は　歌う
　　ヤモリは　歌う
　　私も　歌う

　　　　鳥は　おこりっぽい
　　　　ヤモリは　おこりっぽい
　　　　私も　おこりっぽい

鳥は　笑わない
ヤモリは　笑わない
私だけ　笑う

　　人間に　見えない　聞えない
　　どこかで
　　鳥は　笑う
　　ヤモリは　笑う

　　　　庭に鳥
　　　　壁にヤモリ
　　　　椅子に私

2000年3月
ハワイ、ケヘナビーチ

ベッドに入る前に　つぶやいた

7分たったら　君は　眠っている
7時間たったら　君は　眼がさめる
7日たったら　君は　仕事に　あきる
7年たったら　君は　友だちを　忘れている
70年たったら　君は　どこにも　いない
700年たったら　誰も　君を　知らない
7万年たったら　人類は　どこにも　いない
7億年たったら　銀河系が　あぶない
7億光年たったら
誰かが
君のベッドに　寝ている

2000年4月1日
ホノルル市

ほたるこい

ほ　ほ　ほたるこい
ほ　ほ　ほたるこい
あっちの水は　にがいぞ
こっちの水は　あまいぞ
ほ　ほ　ほたるこい　　ほ　ほ　ほたるこい

君　さむいの
おなか　すいたの
恋人　ほしいの
学校　つまんないの
仕事　いやなの
お金　ないの
やること　ないの
だったら
歩いて　ここまで　おいで

ほ　ほ　ほたるこい
ほ　ほ　ほたるこい
あっちの水は　にがいぞ
こっちの水は　あまいぞ
ほ　ほ　ほたるこい
ほ　ほ　ほたるこい

2000年5月
わらべうた から

あなたは

今度　生まれるとき

コブシの花に　なりますか
キイロスズメバチに　なりますか
スピッツに　なりますか
恐竜に　なりますか
谷川に　なりますか
砂漠に　なりますか
自動車に　なりますか
ロボットに　なりますか
コンピューターに　なりますか
神様に　なりますか

それとも
ホモ　サピエンスに　なりますか

2000年6月

春　さかりなり

今日なくして　永遠ありや
我　なくして　宇宙ありや

ブナの芽吹き　なつかしく
どこか　信越国境
まだ　雪を踏む　六月はじめ

オオルリの　歌に　足はずみ
ピンクただよう　　白妙の
タムシバの花の　　谷わたり

ブナの芽吹きに　　我ありと
ブナの芽吹きに　　我あれと

永遠なくして　　　今日ありや
宇宙なくして　　　我ありや

2000年6月

自伝

紀元1世紀に生まれた　私は
太平洋に昇る　朝日を
毎日　拝んでいる

2世紀　能登半島に生まれた私は
ドングリ喰べ　鹿より　速く　走っている

3世紀　北九州に生まれた　私は　早乙女
泥にまみれて　早苗とる

4世紀　日向に　生まれた　私は
ハニワづくりに　いそがしい

5世紀に生まれた　私は
朝鮮半島から　馬に　乗ってくる

6世紀に生まれた　私は
富士のすそので　須恵器を焼いている

7世紀に生まれた　私は　えみし
蝦夷征伐に来た　阿部比羅夫《あべのひらぶ》を呪い殺す

8世紀に生まれた　私は　あずまの乞食
万葉集に　和歌のこす

9世紀に生まれた　私の名は　伴《ともの》　善男《よしお》
平安京応天門に放火したとされ　さらし首

10世紀に生まれた私は　紫　式部
恋のときめき　うたいあげる

11世紀に生まれた　私は
大峯山のきこり
親にすてられ　狼のオッパイそだち

12世紀に生まれた　私は　海賊
東支那海　かけめぐる

13世紀に生まれた　おさな子
私は　里芋の葉っぱに光る
朝つゆ　ころがし　にっこりと

14世紀に生まれた　私は　隠者
戦さ　ぎらいで　森に住む

15世紀に生まれた　私は
百年つづく　加賀一向一揆の一人

16世紀に生まれた　私は　千利休
かたじけなくも　秀吉公に　死をたまわる

17世紀に生まれた　私は　アイヌ
シャクシャインの乱で　幕府軍に　殺される

18世紀　阿波徳島に　生まれた　私は
あい染めの工夫に　我わすれ

19世紀　赤城の山に生まれた　私は
国定忠治　罪は　関所やぶり　刑は　はりつけ
刺された　槍は　12本

20世紀に生まれた　私は　日本兵
南太平洋　ガダルカナルで　餓死
遺骨もなければ　勲章もない

21世紀に生まれた　私は
玄米のご飯を　インターネットで　炊いている

2000年9月
国道1号線、鈴鹿峠

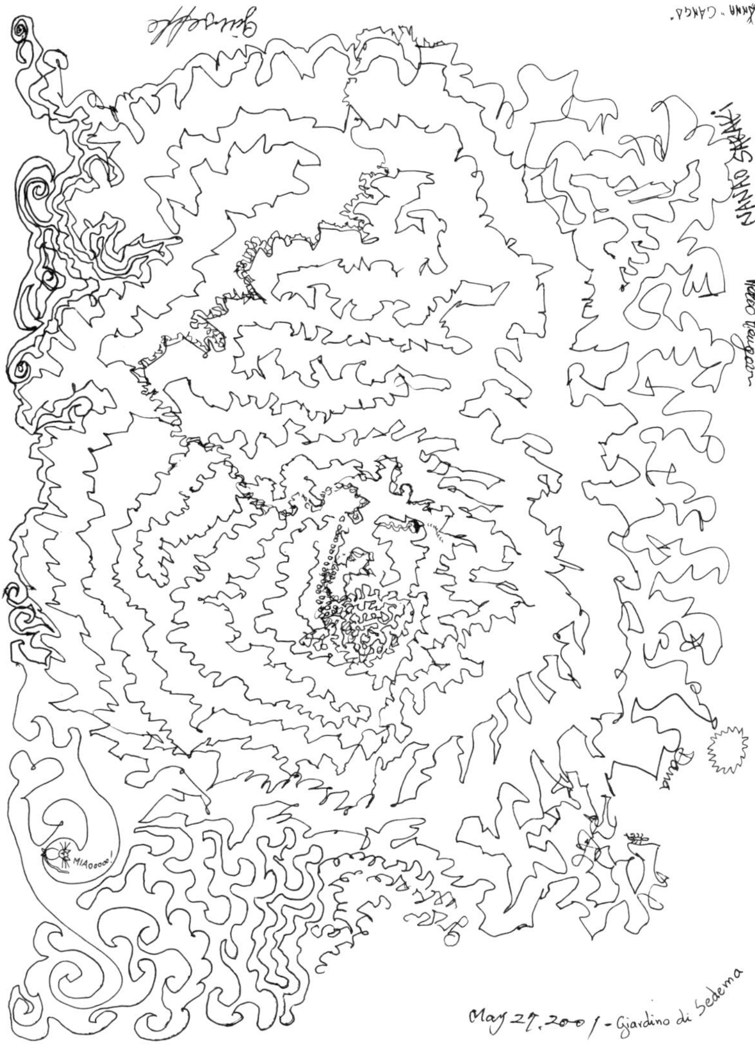
May 27, 2001 - Giardino di Sedema
MIAOOOOO!

緑のそよぎ

誰もいない　キッチンに
誰かが　おいていった　ホーレン草
誰かに　喰べて　もらおうと

ホーレン草
その住民票に　曰く

太陽コロナの傘の下
地球のどこかに　根をおろし
40億年の星と日　かぞえ
ちょっぴり　人間の汗そえて
エメラルドグリーンの葉っぱ
はい　どうぞ

ホーレン草
その　つもる思いは
胃の　どこかで
人間の血になり
誰かの肉になり
君の歌になり
緑の風になり
どこかの空へ　飛んでゆく

ホーレン草

緑のそよぎ

2001年4月

あじさい

あじさいは　今日　花ざかり
髪も　ひげも
こちらは　シルバーグレイ　花ざかり

では　そろそろ
乞食へ　もどろうか
もの言わぬ　乞食へ　もどろうか

時　かなえば
大きな声で　歌って　やろう
あじさいは　今日　花ざかり

2001年6月

しずかに　とても　しずかに

しずかに　とても　しずかに
夜は　降りてくる
どこからか
なぜなのか

きまって　夕方
しずかに　とても　しずかに
夜は　降りてくる

しかも　あけがた
日の出も　待たず
どこかへ
夜は　消えてゆく
悪魔と　幽霊をひきつれて

2002年12月5日

ハイク3首

弓矢持ち
天駆ける　星座88　落しけり
初夢ぞ

ハーモニカ
吹いている夢
しぐれ空　若からず

しぐれ飛んで
星かぞえけり
老いとは　何ぞ

2003年1月

ほんと？

人間に　きこえない
どこかで
花たちは　うたっている

人間に　みえない
どこかで
花たちは　おどっている

花たちに　きこえる
花たちに　みえる
どこかで
人間は
うたっている
おどっている

2003年4月

ハイク4首

天の河から　いま
落ちてきたよな
初ぼたる

初ぼたる　どうぞ
今日　ありてこそ
今夜　こそ

初ぼたる
天の河なぞ
後眼《うしろめ》に

やみに　沈む
ほたる　追って
流れ星　消え去る

2003年6月

挽歌

蜘蛛が　一頭　死んでいる
窓ガラスの　桟の上
長さ　30mm
たぶん　雌

源氏物語では
女官の死　ただごと　ならず
亡霊に　なったり
誰かに　生まれ　変ったり

蜘蛛が　一頭　死んでいる
彼らの都では
彼らの宮廷では
何が　起っているだろう

十二単衣　羽織った　蜘蛛がいて
紫式部を名乗る　蜘蛛がいて
蜘蛛の源氏物語　書いている
環境問題　書いている
南北問題　書いている

蜘蛛が　一頭　死んでいる

2003年7月

水かがみ

ちっちゃい　ちっちゃい　水たまり
どしゃぶり　晴れて
峠の下の　水たまり
ちっちゃい　ちっちゃい　水たまり

ちっちゃい　ちっちゃい　水たまり
峠の下の　水たまり
星　写し
雲　写し
樹々　写し
鳥　写し
人　写し
後には　影も　残さない

ちっちゃい　ちっちゃい　水たまり
どしゃぶり　晴れて
峠の下の　水たまり
水たまれば　水かがみ
すべてを写す　水かがみ

おのれをふくむ
地球のすべて
宇宙のすべてを　写し出す
ちっちゃい　ちっちゃい　水かがみ

いつか　乾いて　消えるまで
いつか　乾いて　消えるまで

2003年11月

珍客

夜ふけに　珍客　雨がえる
ちっちゃい　ちっちゃい　雨がえる
たたみに　きちんと　座ってござる

朝から　晩まで
とどこおりなく　降る雨に
雨がえるさえ　くたびれる

世界は　四つの無限から　成り立っている
そのひとつ
ながい　はてしない雨

雨がえるよ
まぶしくない　蛍光灯？
がまん出来る　石油ストーブの匂い？
ジャンケンポンで　負けようと
ケンカで　勝てば　それでよし

夜ふけに　珍客　雨がえる
ちっちゃい　ちっちゃい　雨がえる
たたみに　きちんと　座ってござる

ふと　つぶやく
なんと　この世は

珍客だらけ
ニー　ライライ

そして　私も
珍客のひとり
ニー　ライライ

そして　私も
雨がえる
ニー　ライライ

2005年4月
伊豆半島

*

未来に発信する古代のヴィジョン

ゲーリー・スナイダー

ななおさかきという名前は、世界中の文学的中心地でよく知られている。その肩書きは、自由で大胆な魂をもつユニークな放浪者、時には山河を守る活動家、歌い手《シンガー》／謡い手《チャンター》、そして国際的に作品が出版されている詩人、と多岐に渡る。

だがこういった肩書きは、ななおがもつ判りやすいが当たり触りのない表面上のイメージに過ぎない。

この、日焼けして引き締まった身体の持ち主は、軍国教育盛んな第二次世界大戦前の日本から、第二次大戦中（ななおはレーダーの暗号分析の仕事をしていた）、そして戦後の貧困、そこからゆっくりと脱出する過程の日本を経て、更には最近の経済大国、同時に環境破壊ゴジラとしての日本、そのいずれをも経験している。

その間、ななおは自然に対する広汎な感性を養い、社会のメカニズムを吟味し、同時に民芸《クラフト・アンド・アート》にも絶えず眼を向けてきた。

その結果ななおの詩は、オルタナティヴ・カルチャーの発展の一端を担うことになったのだ。

ななおの、数こそ少ないが説得力のある詩は、他に類を見ない。時空を越えて跳躍する精神、小さなものに向けられる細やかな目線、天文学、地質学、そして生態学《エコロジー》の知識。こういったものすべてが、真に新しい詩的な物語や劇に織り込まれている。

大地に根を張っていて平明、それでいて驚くほど快い逆説でもって（「ヴァレンタインズ　デイ」を見よ）、ななおは私たちの化けの皮をはがしてみせ、それをものの見事に叩きつぶしてしまう（「1980年秋分」参照）。そこでななおは、私たちに問うのだ、「一体これは何のため？」と。

またななおは、しゃれこうべに導かれて恐ろしい異界を覗き込むと、今度は私たちに向かって（しゃれこうべが、ななおにしたように）、そこから手招きしてくる（「旅は身軽る」）。

だからこそななおが、いかに生きるべきかというストレートな教訓を書いたとしても、それは詩になる。つまり、どの詩にもななおなりの、しかも本当に役に立つ驚くべき視点があるということだ。

「惑星地球に生きるなら」を読めばわかる。

ななおの詩を読み返してみると、呆気に取られてしまうような素晴らしい驚きが、幾つも見つかる。

この男以外に、だれがコペルニクスに良く眠れるよう「おやすみ」を言ったり、アレン・ギンズバーグにあれほど涼し気に「さようなら」することができるだろうか。落ちるクルミの恋人に会いに行く男が、他にいるだろうか。

科学用語を使った詩もある。ななおは無意識のうちに学問をしているから、そういった用語を使うことができる。夕暮れどきに水星を探した経験が「おやすみ　コペルニクス」という詩になったのだ。

また私たちに、「情報」を提供してくれる詩もある。それはふざけているようにも見えるが、ななおが自分のものとした正しい知識に裏打ちされた、真面目なものだ。地球環境的、生態学的見地から書かれたトイレットペーパーの詩を書けるのは、この男しかいないだろう。勇気ある読者諸氏、やってみてはいかがであろうか。

最近ななおが私に話してくれたのだが、ななおは日本の詩には、それほど興味をひかれないそうだ。「でも」と言ってからしばらく間をおいて、ななおは「『今様』だけは別だ」と教えてくれた。

『今様』というのは、読んで字のごとく「今の様子のうた」という意味であり、平安時代（8世紀から12世紀）にできた流行歌のことである。

情熱的なものや、何かを失った悲しみをうたったもの、知を求めるうたもある。そこに写し取られているのは、若い博打打ちや放浪者、遊女の生活から生まれた、一見穏やかだが、ウィットの効いているイメージだ。これらのうたには、ななおの詩にも見られるような、きつい皮肉や諧謔が読み取れる。

ななおはまた、『閑吟集』も評価している。『閑吟集』は、日本の戦国時代のうたで、「これは静かなうたなんだが、ひどい戦《いくさ》の時でも、民衆はそれをうたい継いできた」のだという。

実際ななおの詩には、民衆のうたの要素や、日本の田舎で行われたヴォードビルショー、「漫才」の声が響いているし、狂言の気まぐれなトーンだって聞き取ることができる。ななおの歌声は、深くて良く響く。仲間たちと作ったカセットテープだってある。

一度ななおが話してくれたのだが、サン族（いわゆるブッシュマン）の長老が、ローレンス・ヴァンデルポストに「我々を夢見ている夢がある」と語った話を、1950年代にどこかで読んだのだそうだ。このフレーズが、ななおに方向転換をさせた。転換していった先が、古代文化や原始文化の研究だったわけだ。ななおの詩は、ベーシックなものと波長が合っている。

ななおの詩には、繰り返しが多く出てきたり、なぞなぞや言い慣らわし、説話、決まり文句といった、口承文学の特徴が見られる。何千年もダラダラと遡っていくような説明口調などは、ほとんどない。

子供っぽくて茶目っ気たっぷり、どこか抜けているかと思えば、一気にわかってしまったり——。ななおの詩は真面目くさったり、大人じみたりせず、効き目抜群の薬を私たちにくれるのだ。その薬には、こう書いてある。「小さな自我の『鏡　割るべし』」と。

ななおはまた劇を三つ書いていて、上演プロデュースにも関わっている。ななおによれば、ななおは観客のために劇を書くのではなく、演じたいと思っている人たちのために書くのだそうだ。

「みんな《エヴリバディ》劇は好きだよ。人と人の交流の場だからね。みんな演じ手になりたいと思っているんだ。身体はみんな《エヴリバディ》本当に演技をしているんだよ、毎日毎日ね」

ななおは自分の詩について、こうも語ってくれた。

「僕の詩にあるのは『志《こころざし》』だ。これは、中世の中国と日本から来ていると思う。その意味するところは、決意や自覚、未来像《ヴィジョン》、意志、そういった心に持っている精神、——つまり、何かを変えようとする意志、ということだ」
似たようなトーンは、元から明にかけての中国、山野を棲み家としたロビン・フッド的革命ゲリラに見ることができる。羅貫中の叙事物語『水滸伝』の伝える、あの精神だ。

ななおが何日か私の所に滞在して、また旅に戻って行った後のこと、息子が私に尋ねてきた。「どうやったら、あんなふうに生きていけるんだ？」
ななおは、文字通り何マイルも（日本と「亀の島」の両方で）歩いてきたし、同時に夜遅くまでランプを灯して古い本を夢中になって読んできた。しかもななおの人生は、多くの辛い経験をくぐり抜けてきた。ななおの人生と作品は、白隠禅師が自分の心行について語ったように、「飢えと寒さが編集し、寒さと飢えが推敲した」ものなのだ。

ななおが来る時には、まず手紙で連絡が来る。次には、遠くの方から歌声が聞こえてくる。ななおは歌いながら、やって来るのだ。
着くと、ななおはバックパックから詳しい地図、ぎっしり内容の詰まったノート、本物のペン、時には周辺の野外観察図鑑を引っぱり出してくる。そして焚火の周りに坐り、お茶を飲み、新しい旅の話をする。食事をすれば、後片付けは必ず手伝ってくれる。酒《スピリッツ》の時間になると、周りのみんなも浮かれてきて、楽しい時間が流れる。するとななおは、アジアやニューメキシコ、マンハッタンといった地域の、文化的最前線からの情報を披露してくれるのだ。
夜が明ければ、私たちは一緒に散歩に行ったり菜園で働いたり、青リンゴの木を間引いたり薪を積んだりする。
ななおが残した放浪の足跡を、ななおの真似をして行こうとする人はいるが、そう簡単にはできないことを確認して帰って来るだけだ。ななおの作品にしても、然り。

ここに収められた詩は、どんな国でも理解される自由詩《フリー・ヴァース》であり、「ポストモダン」と呼ばれるに足る作品である。——つまり、右翼と左翼の対立が生み出した、怒れる夢とその破綻を生き抜いてきた詩だ。

ななおの詩が根差している、昔からの民衆文化やうたの深い根《ルーツ》っこには、「未来に発信する古代《フューチャー・プリミティブ》」の洗練された未来像《ヴィジョン》がある。そんな詩。ななおさかきの贈り物。

ペルセウス座流星群の夜に

（遠藤朋之訳）

ななおさかき小伝

Future と Primitive のはざまで

遠藤朋之

1923年元旦。鹿児島県川内市の染物屋、榊家にひとりの男の子が生まれる。七番目の子供ということで、「七夫」と名付けられる。榊七夫、のちに「ななおさかき」として知られることになる詩人／活動家の誕生である。体重は4キロ、大きな、健康な赤ちゃんだった。後年、ななお自身が自分を取り上げたお産婆さんに聞いた話によれば、初日の出とともに生まれたという。榊家は何人かの職人を使って染物屋を営み、ちいさな畑と林を持つアッパーミドルの家柄だった。家族や近所の人たちからは「ナナちゃん」と呼ばれてかわいがられた。

しかしその元気な赤ちゃんも、2歳になって肺炎を患ってしまう。おじが医者で、ななおのお母さんに葬式の用意をするよう言ったほど重篤な状況だったらしい。しかし、母がななおを一晩中抱き続けると、そこで脈と呼吸がもどり、ななおは死の淵から生還する。そこから徐々に回復するのではあるが、6歳くらいまで満足に走ることすらできなかったそうだ。しかし、8歳までにはすっかり回復する。とはいえ、健康を取り戻すと同時に、世界恐慌のあおりを受けて家業である染物屋はつぶれ、ななおは働き始める。新聞配達が最初の仕事だった。“Never trust money（カネを頼るな）”。後年、イェルカ・ワインに英語でインタヴューを受けた時にななおはそのように語っている。以降のななおの活動は、その教訓から始まったのだろう。

6歳で小学校入学。1、2年時はまったく成績は振るわなかった。しかし3、4年へと上がり、字が読めるようになってからは成績が急激に上がり、兄たちの宿題まで手伝っていた。だが、本人は勉強などしたことがなかったと言っている。なぜなら、しなくとも答えられたからだという。10歳の時に、将来何になりたいかと聞かれて、「詩人！」と答えたそうだ。周囲の人たちは大爆笑（*Nanao or Never* 148）。

14歳まで義務教育を受け、その後は丁稚へ出る。

最初の丁稚は荒物屋。リヤカーに重い荷物を乗せて配達する厳しい仕事だった。しかし2週間で辞めてしまう。理由は本を読む時間が取れなかったから。つぎの仕事は鹿児島市にある県庁の使い走り。県庁では2年ほど働き、そろばんが得意で、17歳の頃には会計係をやっていた。このころは兄、姉と鹿児島市で暮らしていた。中国古典を読みはじめたのはこのころから。山登り／山歩きもこのころから。最初に登った山は桜島だった（このななおの歩くことへの、そして身軽な生活へのこだわりには伏線がある。ななおの父がよく歩いていたこと、そして「竹の庵を結んで、そこから月を見て焼酎を飲みたい」とななおが7、8歳のころに語ったことがあり、それに感銘を受けたのだ。後にななおは、実際に竹の庵を、竹が繁茂する諏訪之瀬島で結ぶことになる）。

太平洋戦争中、ななおは徴兵され日本空軍に配属される。着いた任務は、出水の神風特攻隊基地のレーダー官。ななおはそこに2冊の本を持っていった。シェイクスピアとクロポトキン。シェイクスピアは「イギリスの歌舞伎だ」ということで事なきを得たが、クロポトキンは「アナキスト・プリンス」の異名をとった人物。アナキストの本を読んでいることが知れたら、非常に問題である。さいわい上官はクロポトキンを知らず、そこでななおは「ナチみたいなもんだ」と説明したそうだ（*Inch by Inch* 62）。

そこで、ななおは原爆を積んで長崎へ向かうB29をレーダーで発見したという。直後、その爆発のあまりの衝撃に、レーダー官たちは「雲仙が噴火した！」と叫んだそうだ（詩「メモランダム」参照）。

当時のレーダーとはいえ、東南アジアくらいまでの動きはわかったそうだ。レーダーの前に座っていられるのは1時間ほど。電磁波の影響で、1時間の任務の後はフラフラになったそうだ。後年、筆者がコンピューターで物を書くことをななおに話すと、「電磁波がすごいでしょ？」とひとこと。「ボクはレーダー官をやっていたからわかるんだよ。レーダー官は軍の中枢だから、ヒゲに長髪だったけど、誰からも文句を言われなかったな」と教えてくれた（とはいえ、気絶するまでなぐられたこともあったそうだ)。レーダー官と長髪。ゲーリー・スナイダーはあるところでななおの詩を“Future Primitive（未来に発信する古代)”という言い方をしているが（本書198ページ)、軍国制を敷いていた日本においてですら、“Primitive”の象徴ともいえる長髪で、“Future”ともいえるレーダーを読み取るななおは、“Future Primitive”だった。

終戦後、ななおは東京へやってくる。上野のトンネルや山谷のドヤ街で2年ほど暮らす。コソ泥や売春婦、ホモセクシュアルの人たちなどと過ごしたという。ななおがいつからコミューンというものを信じるようになったかはわからないが、上野の地下道や山谷では、ななおは「プロフェッサー」と呼ばれ、「メシ食ったか？」、「いや」、「じゃあ、来い」というように、みなが助け合って生きており、そこにはコミューン的な空気があったこと、これは間違いないだろう。

上野の地下道に住んでいるときには、バートランド・ラッセルやアルバート・アインシュタインを日本に招いたことでも知られている改造社に勤めていた。同じ川内出身の改造社社長、山本実彦の書生兼秘書をやっていたという。そこには谷崎潤一郎、和辻哲郎、志賀直哉、さらに政界では吉田茂といったそうそうたる人物たちが出入りしていた。だがななおは、「おもしろくないから」という理由で改造社を辞めてしまうのだが、そこで知り合った鮎川信夫に、T. S. エリオットの『荒地』について教えを請うため、自宅を訪れる。そこで鮎川に「あんた、英語できないの？」と言われ、オレステ・ヴァカーリの『英文法通論』をもらう。そこから英語を学びはじめた。ちなみに、草野心平とも懇意にしていたそうで、いっしょに酒を飲んで歩道に寝ていたところ、パトカーで連行されたこともあった（以上、思潮社の『総特集：ビート・ジェネレーション』のインタビューより)。

上野や山谷の生活は快適だったようだが、より知的な刺激を求めて、ななおは新宿に庭を移す。そこでななおは、新宿風月堂に出入りすることになる。当時の風月堂には、オノ・ヨーコ、瀧口修造、寺山修司、白石かずこ、岡本太郎など、いまから考えれば当時の日本のアートシーンのそうそうたるメンバーが集まっていた。そんななかでななおはアーティスティックな空気を吸っていたのだが、そこで取り沙汰される、当時最新のピカソやジャクソン・ポロックなどには満足できなかったという。だがあるとき、そこに出入りするニール・ハンターというオーストラリア人の詩人／東洋学者から、アボリジニの点描画を見せられる。それにななおは衝撃を受ける。モダニズムとアボリジニ・アート。やはりななおの振り幅は、“Future”と“Primitive”の間だ。このハンターという学者は、後にななおにとって大きな出会いを演出することとなるが、そのことは後述しよう。

1955年から58年にかけて、ななおは樋口シンという彫刻家といっしょに、知床半島、奥秩父、熊野、吉野、屋久島といった日本の原生林を歩く。目的は、日本の原生林がどんな状況にあるかを調べるため。1987年10月の、白石かずこと『現代詩手帖』編集部によるインタヴューでは、「僕にとってはそれが革命だったしね。その頃は、僕は本当に文明なんかどうでもよかった。まず日本の森や海がどうなってゆくのか、激しい変化を見たから、そっちの方に関心があった」というのが、原生林を見にいった理由。ここでの「激しい変化」とは、戦後日本の、自然を置き去りにした「文明」であろう。「文明」という名の下に駆逐されていく自然。この背景には、「文明」の行き着く先にある“Future”を、自然“Primitive”から問い直し、そうして自然の側から革命を起こそうという、ななおのヴィジョンがある。

ちなみに、ななおと原生林に同行した彫刻家樋口シン（1929〜1996）とは、房総は富津、鋸山の岩壁に、「原生」と題する高さ32メートル、幅15メートルの環境彫刻を彫った人物。ななおは、原生林の旅から帰ってきて、樋口と一緒に「原生林の主題による詩と造形展」を池袋三越で開く。この会場で、後に諏訪瀬島でともにコミューンを作る「ナーガ」こと長沢哲夫と出会う（*Nanao or Never* 237）。

石垣島の白保の珊瑚礁をみつけたのもこの時期らしい。さきほどのイェルカによるインタヴューでは、1959〜62年の間に、奄美大島までへも行っている。すべてヒッチハイクで行ったそうだ。この白保の珊瑚礁は、のちに大きなポエトリー・リーディングへと発展する。

1963年に京都で、スナイダーとアレン・ギンズバーグと会う。ギンズバーグはインドからの帰途に日本へ寄った。スナイダーは、京都で雲水の修行中だった。ななおはその時までにはビートのことを知っており、イェルカとのインタヴューでは、「やっと会った！」と思った、と言っている。この3人が出会ったきっかけは、スナイダーによると前述のニール・ハンターであるが、ななおはハンターと同じオーストラリア人のガヴァン・マコーマックという人物を通じて会った、と言っている。当時のななおの英語はそれほど流暢ではなく、マコーマックの通訳を介して多くの話をしたという。ギンズバーグはそのときななおが話した昭和天皇の玉音放送に関しての話が印象に残っている、と後に語っている。マコーマックは、『空疎な楽園——戦後日本の再検討』（みすず書房）や『北朝鮮をどう考えるのか——冷戦のトラウマを越えて』（平凡社）などの著者、オーストラリア国立大学教授で、京都大学、立命館大学などで客員教授を務めた東アジア近現代史学者である。

ななおは日本の原生林を歩いているとき、奄美に向かう船で諏訪之瀬島に住む漁師と知り合い、その島のことを聞く。火山灰が降り、住んでいる人は8家族40人、という島。その島は後にななおと仲間たちがコミューンを作る場となる。

ななおが新宿を後にするのが1965年頃、新宿から西進し、東京の中央線沿線へと庭を移す。それから1966年に出会ったのが山尾三省。三省も、武蔵野美術大学周辺の仲間たちと同じような共同体への関心を抱いていた。そこでふたりと仲間たちは「バム・アカデミー」、後の「部族」を結成する。ふたりが共有していたのは、これからの“Future”社会を築いていくのは“Primitive”な共同体だ、という信念である。「カネ」本位の社会ではなく、それとは別の“alternative”な社会を作り出していこう、というのが目的だった。スナイダーの言う“Future Primitive”とは、“alternative”という言葉でも置き換えられるだろう。そしてその精神は、「部族」というネーミングに、はっきりと現れている。スナイダーは、『地球の家を保つには（*Earth House Hold*）』において、「なぜ部族か（“Why Tribe”）」という章を書いており、「部族」という言葉を使う理由を、「いくつかの工業国家内でいま出現しつつある新たなタイプの社会というニュアンスを持つから」とし、「このサブカルチャーは古代から続くヨーロッパのジプシー——国家や領土を持たず、どの国にいようがその存在意義、言語そして宗教を維持してきた——により似ている」（*Earth House Hold* 113）としている。

三省は武蔵野美大のある国分寺周辺ですでにコミューンのようなものを作っており、地下室のあったアパートを借りきり、その地下室でジェファソン・エアプレインなどの音楽をかけていたという。そこへ、新宿からななお周辺のフーテン、アーティストたちが集まってきたらしい。「部族」は『部族新聞』という雑誌を出し、当時で1号は1万部、2号は3万部も売れたそうである（Café Bazzzz、Flying Booksのホームページにある、三省へのインタヴューより）。

「部族」は、まず長野の富士見に300坪ほどの土地を買い、そこに移り住んだ人たちが「雷赤鴉族」を結成する（名前の由来は中国古典だそうだ）。1967年のこと。次いで諏訪之瀬島に「ガジュマルの夢族」を作る。命名は山田塊也（愛称「ポン」）。先述の竹の庵の近くには大きなガジュマルの木があった（*Earth House Hold* 137）。各々、20人くらいの人たちが住みはじめたそうだ。1968年には国分寺に「エメラルド色のそよ風族」が結成され、同時にカフェ「ほら貝」が作られる。日本初のロックンロール・カフェであった。この「部族」という集団は、既成の社会とは別の、つまり、“alternative”な社会を考えていただけに、当然のことながら、アメリカ西海岸で発生した「オルタナティヴ・ミュージック」と同調した。ななおに聞いたところによると、諏訪之瀬島では、いつもオルタナティヴ系の音楽やボブ・マーリィなどのレゲエが流れるなかで、農作業をしていたそうである。当時の最先端、“Future”であるリズムボックスまで使って、黒人のルーツである“Primitive”なアフリカらしさを特徴として打ち出したマーリィなどのレゲエを流しながら、“Primitive”である農業をすること。「レゲエをやっていなければ、オレはファーマーだ」と言ったマーリィやラスタファーライ運動との、期せずしての同調が、ここには見られる。

当然のことながら、スナイダーは諏訪之瀬島を訪れており、1967年8月6日には、前年にスナイダーが金関寿夫邸のホームパーティーで出会った金関の学生、上原雅との結婚式を、諏訪之瀬島の活火山、御《お》岳《たけ》山頂で挙げている。式を取り仕切ったのはななお。ななおが、微笑む雅の頭に塩を振り、それを嬉しそうに見つめるスナイダーの写真が『総特集：ビート・ジェネレーション』（思潮社）の210ページに見られる。なお、ここでの生活は、スナイダーの *Earth House Hold* の“Suwa-no-se Island and the Banyan Ashram”という章にくわしい。

この「部族」の活動は、1969年を絶頂期として、それから衰退していく。各々のコミューンが50人以上の大所帯となり、コミューンとしての形態を保てなくなったこと、第2世代ができたこと、反対に第2世代を考えないメンバーもいたこと、それと、三省は「優れた指導者が共同体をまとめ、一定のルールを定めればうまくいったのかもしれないが、コミューンは規則を持たず、代表者も持たないという理念の基にあった」ということを、2000年7月に語っている（前出のインタヴューより）。そういった事情により、1970年には「エメラルド色のそよ風族」が、1974年には「ガジュマルの夢族」から名前を変えた「バンヤン・アシュラム」、そして「雷赤鴉族」が解消した。

1973年、諏訪之瀬島にヤマハがリゾートを作ろうと参入した。ななおは諏訪之瀬島のことを、「日本で野性が残されている数少ない場所」と書いている。この自然を守るために、ななおはスナイダー、ギンズバーグらとともにバークレーでポエトリー・リーディングを開く。「島を野性のままに、島の人たちを平和に、アシュラムを汚れなきままに」、「ヤマハ製品をボイコットしよう」（以上、*Nanao or Never*

67）というのがフライヤーにある言葉。この件に関しては、ななおやポンが反対運動を繰り広げたこと、そして現在、諏訪之瀬島はリゾート地としては無名であること（となりの悪石島が2009年の日食観測に絶好の場所で、そのついでに諏訪之瀬が報道に出てきたていどだ）、その事実だけを書いておきたい（この辺りの経緯については、山田塊也著、第三書館『アイ・アム・ヒッピー』にくわしい）。ななおは、諏訪之瀬の環境は「観光客たちにとっては厳しすぎたんじゃないか。活火山があって、灰は降ってくるし、目に入って痛いし、飲み水にも入るし。海は荒れていて波は高い。観光客たちは他人の生活に関心を払わないから､実際の生活とは関わっていないんだよ」と、語っている（*Nanao or Never* 160）。事実、島民が生活の糧を得ていた海の上に、ヤマハは滑走路を建設してしまった。結局この施設は2年足らずで閉鎖、現在では竹に占拠されているそうだ（ただ、滑走路だけはレイヴやDJパーティの会場となって有効利用されているという）。そして上野圭一監督により、ななお、スナイダー、ギンズバーグなどが参加した上記のポエトリー・リーディングの様子、ヤマハボイコット運動や諏訪之瀬島でのコミューン生活などを収めた『諏訪之瀬——第四世界』というドキュメンタリー映画がこの時に撮られたこと、これも付記しておこう。この映画で印象的な場面はたくさんあるが、映画の最後にななおが朗々と「おぉ〜〜、おぉ〜〜〜、おぉぉ〜〜〜！」と、フリーミュージックを歌うところは、特に印象深い。

さて、ななおがスナイダー、ギンズバーグと出会ってから、ななおの庭は北米大陸まで及ぶ。1969年にはじめてアメリカに行く。船でシアトルへ行ったらしい。そこからサンフランシスコへ飛行機で飛ぶのだが、その機中、カスケイド山脈の最高峰マウント・レーニアの氷河を見て大興奮し、キャビン・アテンダントから「お静かに願います」と注意を受けた。サンフランシスコのベイエリアには2カ月滞在した。都市のアメリカン・ライフはそれで充分わかったという。当時のサンフランシスコは、ヒッピームーヴメント盛んな頃。

そのような、自分を受け入れてくれる雰囲気があった時期でも、ななおが惹かれたのはアメリカの砂漠だった。サンフランシスコからサンタフェへ、それからタオスへ。タオスの南数キロのところでななおはリオグランデ川の段丘を目にし、その光景に圧倒される。遠くの崖を見たななおは、「あそこにオレの小屋がある！」と叫んだそうだ。すると、アヨロ・セコという人物が、その崖にある小屋を提供してくれたそうだ。

ななおがアメリカ西部の洞穴や打ち捨てられたスクールバスに住んでいた証言は、多々ある。だが、その各々が年代も違い、どの場所にどうやって住んでいたのかは、はっきりしない。だが、もっとも早い時期の証言は、1969年の、コロラド州の洞穴に住んでいた、というものだ。ディーン・フレミングという人の家の近くにある洞穴に住んでいたらしい。そのつぎに見られる証言は、1974年、フサコ・デ・アンジェリスという人の証言である。場所はニュー・メキシコ。住んでいた場所は、同じく洞穴。それから1980年には、ジェイムズ・コーラーという人が、ニュー・メキシコのタオスの、打ち捨てられタイヤもなくなったスクールバスに住んでいたななおと会っている。そこでの生活についてななおは「ああ、とてもいいよ。旧石器時代に戻ったみたいでね（笑）」と言っている。そこでは、ネイティヴ・アメリカンたちが、狩りに行った帰りにななおのところに寄り、狩ったばかりのシカのモモ肉や水などを持ってきてくれたという。

ななおの住むバスや洞穴を訪れたのは、人間だけではなかった。ちょうど3月、雪どけの頃には夜中にクマが来たらしい。クマは洞穴の前で足を踏み鳴らして、「出て行け！」というサインを発したらしいが、そこはななお、知らん顔していたら、クマはさすがに入ってはこなかったという。翌朝、洞穴の前には、すごく大きな足跡と太いウンチが2本落ちていたそうだ（以上、『ずんずんまっすぐあるいていくと』、おちのりこ文、トメク・ボガツキ絵、農文協出版にある、ななおへのおちのインタヴューから）。

アメリカで暮らしていた頃のななおの日常生活はわからないが、いつも日本のお茶は欠かさなかったらしい。先述のフサコ・デ・アンジェリスは、日本からニュー・メキシコに来たお茶の師範のお茶会に呼ばれた時、アメリカのコミューンに住んでいても、日本人として日本の伝統に対して責任があると言われ戸惑ったが、その後、ななおが洞穴で煎れてくれるお茶を飲んで、その洞穴に避難してしばしの安らぎを得た人や動物のように、自分もななおの洞穴にやってきた、と語っている（*Nanao or Never* 47）。

お茶を飲む習慣は、世界のどこにでもある。そして、飲むものが日本由来のお茶だからといって、「お茶」という文化の広がりを考えれば、日本に限られたことではない、そのことをアンジェリスは痛感したのだろう。ジェイムズ・マッカーシーという人の、「日本語で最初に詩を書くのですか？」という質問に答えて、ななおは、「よく聞かれる質問だ。どっちだっていいじゃないか」や、「ボクは翻訳はしていない。変容（“transform”）させるんだ」と返している。そして、日本語と英語の詩の差について聞かれると、「英語も日本語も各々の地域で使われている言語にすぎない」と答えてから、「深いレヴェルでは同じだ」（*Nanao or Never* 152）との答えをしている（筆者も書きかけの詩を見せてもらったことがあり、その草稿は英語と日本語とが同時進行であった）。同じことがお茶についても言える。アンジェリスは日本のお茶の文化を至上と考える人と出会った。その後に、日本のお茶の文化を、日本という地域でたまたま生まれたが、世界のその他の地域でも同じようにお茶を飲む習慣がある、と考える人に出会ったわけだ。同じように、ななおは、詩は世界のどの地域に行ってもあるもので、その出方が別言語で出てくるだけであり、根本的には同じものだ、と考えている。そしてお茶だって同じだ、と考えている。そのことが、ここでは明らかだろう。ななおは、詩というツールでバベル以前を考えていたのであり（この「バベル以前」は“Primitive”と言い換えてもよい）、それを“Future”に向けて発信していたななおの姿が、ここには明らかである。

滞米中の1979年、ななおは画家のジョージア・オキーフをニューメキシコに訪ねている。ひじき料理を振る舞った。するとオキーフは目を見開き、そのおいしさに驚いたそうだ。「真夏の朝の歌」という詩は、オキーフに捧げられているし、「雨　雨　降れ　降れ」という詩で、オキーフの死について書いている。

1981年、ななおはオーストラリアを訪れる。オーストラリアはななおがずっと訪れたいと思っていた場所だった。というのも、アボリジニは現在でも続いているという天地創造の時間“Dreamtime”（“Alcheringa”ともいう）の神話（とはいえ、彼らにとっては神話などではなく現実である）を持っているからである。オーストラリア・ツアーに出る前に、ななおと「夢」について考えてみよう。時代は特定できないが、ななおは南アフリカ生まれのイギリスの作家／探検家ローレンス・ヴァンデルポストの『カラハリの失われた世界』のなかの、ブッシュマンに伝わる言葉、「われわれを夢見ている夢がある」に感動したという。さらにこの言葉は『荘子』「斉物論」の「荘周の夢」と似ていると考えた。そこでななおは、「現実とはなんだ？」と考えざるを得なかったという。つまり「われわれを夢見ている夢がある」のなら、自分たちは夢見られているのだから、自分たちが存在するこの現実と思えるものも夢であることになる。さらに「夢がある」と現在形であるから、その夢はいま現在、存在しているはずである。しかし、それは「夢」であるから、われわれの存在している時間とは違う時間に、現在時制で存在しているはずである。つまり、「われわれを夢見ている夢」の存在する時制は、時計の文字盤上に刻々と刻まれる直線的／通時的な時間とは異なる時間観念、つまり空間的／共時的な時間になる。さらにアボリジニの“Dreamtime”は、天地創造の時間であるから、この“time”は、そのまま創造された天地、つまり空間へと変容する。“They［Aboriginal people］live in timeless landscapes（「かれらは無時間の風景の中に住んでいるんだ」）”（*Nanao or Never* 197）というのは、アボリジニについてのななおの言葉である。エズラ・パウンドやウィリアム・カーロス・ウィリアムズなどに端を発する「時間の空間化」。あるいは「共時的な時間感覚」。ななおはモダニストたちと同じ問題意識を、まったく異なったアプローチ、つまりアボリジニやブッシュマンといった“Primitive”なアプローチから共有するにいたった。

このオーストラリア・ツアーは「大地と命の詩（“Poems of Land and Life”）と名付けられ、1981年10月中央オーストラリアにはじまり、6週間続いた。アウトバック（奥地）や都市のアボリジニのコミュニティを訪れるツアーだった。このツアーのコーディネイターのジョン・ストークスによると、オーストラリアでのアボリジニに対する認識の低さをなんとかしたい、ということでポエトリー・リーディングをしよう、とスナイダーに連絡をしたところ、「もうひとり、連れて行きたい詩人がいる」ということで紹介されたのが、ななお。このツアーでできた詩が、「鏡　割るべし」、「カモノハシ」、「なぜお前は」、「岩の祈り」などである。

このツアーでの、ななお一流のジョークを、ストークスの記事（*Nanao or Never* 134）からいくつか紹介しておこう。15センチほどのトカゲを捕まえたストークスは、それを土に掘った穴釜で焼き、ななおに持っていった。するとななおは一口食べて、「うん、うまい！恐竜だ。でも醤油がないな」。オーストラリア中央部のピントゥビで、移動の最中に、ブーメランを叩きながら歌われる歌を聴き、カンガルーを食べ、移動した翌日のこと、盛大なパーティーが催された。“Primitive”な一日の直後の“Urban”なパーティー。ななおはパーティーの間じゅう“Too［much］confusion（グチャグチャだ）”と言い続け、頭を左右に振り、“So miserable（ひどすぎる）”と言ったそうだ。そしてその翌日にできたのが、「鏡　割るべし」だったという。タスマニアでは、新聞記者の「タスマニア・タイガーを探しているのですか？」という質問に対し、「いや、タスマニア・タイガーの方がオレを探しているんだよ」と答えたそうだ。

ななおは、先の諏訪之瀬島のサンゴ礁の上にヤマハが建てたリゾートへの反対運動と同じことを、今度は石垣島の白保のサンゴ礁を守る運動で展開することになる。白保のサンゴ礁は、国際自然保護連合が行った調査によると、南北約10キロ、東西に1キロほどもある、北半球で最大、最古のサンゴ礁である。そのサンゴ礁の上に新石垣空港を建設しようという案が、1979年に浮上する（現在の石垣空港は大型機が発着できない規模で、大型機が発着できる空港を、というのが目的であるが、日米安保条約締結後に浮上した案なので、軍事目的ではないか、とも懸念されている）。そのことを知ったななおは、知り合いの詩人たちに呼びかけ、ポエトリー・リーディングを開く。1988年6月3日、サンフランシスコは“Palace of Fine Arts Theater”でのことであった。この「エコ・ポエトリー・ラウンドアップ（“Eco ・ Poetry ・ Roundup”、「生態系と詩の大集会」とでも訳すべきか）」に参加した詩人たちは、ななおをはじめ、ギンズバーグ、ジョアン・カイガー、マイケル・マクルーア、そしてスナイダー。司会は、禅仏教徒で活動家の俳優ピーター・コヨーテ。この6人の詩人たちは“Friends of the Blue Coral Reef（青いサンゴ礁の友）”というグループ名をつけた。当日は、白保の住人たちが作ったサンダル（沖縄のアダンの葉で作られた「アダンバー・サンダル」だと思われる）を皆がはいていたそうだ。収容人員962名の劇場は満員、入れない人も数百人いたそうである。そして4000ドルの寄付が集まったそうだ。このリーディングが終わってから10カ月後の1989年4月、沖縄県庁はサンゴ礁の上の空港計画を白紙撤回。現在の白保サンゴ礁は、空港建設案が変更されたため、その美しい姿を保っている（とはいえ、海水温度の上昇による白化の問題もある。また、新空港はサンゴ礁の上ではなく、サンゴ礁から6、7キロ北のカラ岳を切削して造られることになったため、切削時の赤土流出が懸念されているなか、2006年9月、工事は着工された）。

このリーディングが終わって4カ月後、アレン・ギンズバーグが来日する。白石かずこの尽力もあって実現した。そのときの様子は『現代詩手帖』1989年2月号にくわしい。ななおは、ギンズバーグ、吉増剛造と詩についてあれこれ話し合う。司会は金関寿夫。

1982年、「吉野川可動堰計画」が立案。これは長良川河口堰と同じようなもので（この河口堰ができるまで、長良川は日本唯一の本流に堰がない川だった）、1752年完成の「第十堰」のすぐ下に造るという計画である。第十堰から河口までの約15キロの間には、「吉野川河口干潟」が広がり、150種以上の野鳥が集まり、多種多様な生物が生息する。ななおはその河口堰の反対運動をするのであるが、その方法がいかにもななおらしい。吉野川を歩く、というものだった（ななおは同じように長良川も歩いている）。「ボクのアイディアは、歩いて川に触れるということ。カッパになる。川といっしょに歌い、踊る。そこで何か感じれば充分だ」（*Nanao or Never* 104）。ななおのアイディアと行動がどれだけ有効だったかわからないが、事実だけ記しておこう。現在、吉野川河口堰は、反対運動と選挙の結果、凍結状態である。

1991年、スナイダーのピュリッツァー賞受賞詩集、*Turtle Island*（『亀の島』）が対訳詩集のかたちで再版される。10月にスナイダーが来日し、獨協大学では、ななおとスナイダーのバイリンガル・リーディングが行われた。当時学生だった山内功一郎が中心となって日本と関わりのあるスナイダーの詩を訳し、“Gary Snyder and Japan”という小冊子を作っている。

2000年10月7日、お茶の水の湯島聖堂にてポエトリー・リーディングが開かれる。そこに集まったのはななおを始め、スナイダー、屋久島から山尾三省、諏訪之瀬からナーガこと長沢哲夫、大鹿村から内田ボブといった面々だった。会場にはアンビエントな音楽が流れ、レイヴさながらの雰囲気だった。MCは、スナイダーの詩集や評論集の訳者である原成吉、主催はECHO〜オンザロード〜プロジェクト。有機農業、クラブカルチャー、禅、エコロジー、そして詩、各々が独立しながらも、いまだに緩やかに結びついていることを示すできごとだった。そして、その先駆けとなった詩人たちが、30数年を経て再会したイヴェントでもあった。1000人の聴衆が月明かりのなかで詩を楽しんだ。

この頃には、ななおは国立から南伊豆に拠点を移した草の根雑誌『人間家族』代表の大築準のところに身を寄せていた。大築の家にいたのではなく、大築の家から車で15分ほどのみかんジュース工場だったところに住んでいた。この頃から、それまでのカタカナの「ナナオ・サカキ」から、ひらがなの「ななおさかき」へと表記を変える。理由は不明。ここで、スカイパーフェクTVの番組『Edge』の取材を受け、ドキュメンタリー映像「歌は歩いていく　ナナオ・サカキ篇」が作られる。番組制作はテレコムスタッフ(監修・城戸朱理)。ディレクターは、吉増剛造を琉球弧に追った映画『島ノ唄』の監督で、「Edge Special――ゲーリー・スナイダー篇」も手がけた伊藤憲。

南伊豆では、夜中に山歩きをして腕を骨折したり、バックパックを持って出かけたはずが、血だらけになってバックパックをなくして帰ってきたり、ということが重なった。その後東京の西部、五日市の秋川渓谷を見下ろす友人宅にしばらく滞在し、2007年2月、友人の画家森藤博と「亀の島」を訪れ、スナイダーをはじめとする友人や家族を訪ね、ポエトリー・リーディングを行う。帰国後、南アルプスの大鹿村に移り、2008年12月23日、大往生を遂げる。享年85歳。(ちなみに晩年のななおの世話をしたひとり、『人間家族』の大築はななおが亡くなる2日前の21日に亡くなっている)。筆者は原成吉から連絡をうけてななおの死を知ったが、原はスナイダーから連絡をうけたそうである。直後、筆者がネットで検索してみると、スナイダーを始め、多くの人の追悼文が見つかった。複雑な思いを持って読んでいたのだが、次第にわかってきたことがあった。ななおは歩いて「地球B」に行ったのだ、と。そして、地球Aに残された我々ができることは、ななおにさよならを言うことではない。ななおの残してくれた“Future Primitive”を“Future”に活かしていくことだろう。

ななおは、地球Bという、この地球Aとは違う共時的な時間、“Dreamtime”に生きている。生きているのだから、ななおに呼びかけてもいいだろう、ななおの詩、「雪の海　漕いで行く」にならってこう言おう、ななお、「カムバック・エニータイム！」

編者あとがき

原 成吉

わたしたちの時代のココペリ詩人、ななおさかきが2008年12月23日未明、地球Aを後にした。享年85歳。2007年春のアメリカへの旅から帰ってからは、おもに長野県大鹿村の赤石岳の登山口に近い釜沢の古い農家で暮らしていた。眼下には小渋川が流れている。最期を看とった旧友の内田ボブによれば、死因は心不全だったが穏やかな表情であったという。

ななおは、「半径1mの円があれば／人は　座り　祈り　歌うよ」（「ラブレター」より）というライフスタイルを生涯にわたり実践し、地球環境と人間の関係をうたい続けた旅の詩人だった。日本国内はもとよりアジア、アメリカ、ヨーロッパ、オーストラリアを歩き、詩を書き、数限りないポエトリー・リーディングをとおして、世界が百万分の一インチ別の方向へ向かうヴィジョンを伝えてきた。ななおの作品は現在17カ国で翻訳されているという。マスコミ嫌いだったこともあって、日本よりもむしろ外国の方がよく知られているかもしれない。

たとえばアレン・ギンズバーグは「ななお」という詩で、「たくさんの渓流に洗われた頭／四つの大陸を歩いてきたきれいな足／鹿児島の空のように曇りなき目／調理された心は驚くほど新鮮で生／春の鮭のような活きのいい舌／ななおの両手は頼りになる　星のように鋭いペンと斧」（“Nanao,” with Peter Orlovsky）と讃辞を惜しまなかった。ゲーリー・スナイダーは、「わたしにとって、ななおは小田雪窓老師に次ぐ先生だ」と語った。「亀の島」のギンズバーグやスナイダーたちと協力しながら、ななおは「ヤポネシア」で仲間と一緒に反原発や環太平洋の生態系を守る運動を続けてきた。

ななおの詩は、どこの文化にも入ってゆける不思議な力を秘めたコトバから出来ている。「手ではなく足が書いた詩」といえるかもしれない。それは産業主義的文明を辛辣に批判しながらも、生きとし生けるものへの慈しみとユーモアにあふれている。ななおの原始的なエネルギーが渦巻く詩の世界は、トリックスターのコヨーテさながら。「足まかせ／アラスカ氷河　メキシコ砂漠　タスマニア原生林／ダニューブの谷　蒙古草原　北海道火山／また沖縄サンゴ礁を　我が家とくつろぎ／／やがて／ある晴れた　夏の朝／影も残さず／歩いて　しずかに　消えるとさ」（「自伝」より）と歌ったななおは、アメリカ先住民の精霊のひとつ「ココペリ」そのものでもあった。ななおの友人のアメリカ文学者、金関寿夫氏が亡くなったとき、ななおは「薪ひとつ／燃えてココペリ／歩き去る」という句をおくってくれた。地球Aを後にしたななおにこのコトバを捧げたい。

ななおが亡くなったとき、大鹿村の内田ボブのところに一冊の黒いノートが残されていた。そこには *Let's Eat Stars*（1997年）以降に書かれた英語の詩と『ココペリ』（1999年）以降に書かれた日本語の詩が記されていた。2005年4月に書かれた「珍客」が最後の作品であろう。

日本語版の詩集は、『犬も歩けば』（1983年）、『地球B』（1989年）、『ココペリ』（1999年）の3冊がある。うち2冊は、ななおのよき理解者であり、長い間にわたってななおを支援してきた大築準氏の「スタジオ・リーフ／人間家族」から出版されている。大築氏は、「7世代先を考え、国内外の草の根派を結ぶエコロジーとカウンターカルチャー」を柱にした月刊リトルマガジン『人間家族』を発行し続けてきた人だった。おりしも大築氏は、ななおがこの世を去る2日まえの2008年12月21日に地球Bへ旅立ってしまった。

そこでななおの友人たちと話し合い、次の世代に手渡せる新しい詩集を作ってななおのヴィジョンを伝えようということになり、わたしが編集を担当することになった。新詩集『ココペリの足あと』は、既刊の詩集からセレクトしたものに未発表の作品を加え、書かれた年代順にアレンジした。詩集『犬も歩けば』から収録した作品には、オリジナルと違う箇所がいくつかある。それは、ななおがリーディング用に使っていたテキストの書き込みをもとに、編者が修正したものである。固有名詞や地名の表記は統一したが、横書き表記はオリジナルのままにした。

ゲーリー・スナイダー氏の「未来に発信する古代のヴィジョン」は、イギリスで出版予定の *Selected Poems of Nanao Sakaki*（Festival Books）の序文として依頼したものであるが、日本版『ココペリの足あと』の出版意図をお伝えし、このエッセイの収録許可をお願いしたところ快諾をえた。スナイダー氏には若き日のななおの写真も口絵に提供いただいた。また、ななおの若い友人のひとりである遠藤朋之氏には、インタビューやエピソードをまじえて「ななお小伝」の執筆を依頼した。ココペリ詩人の軌跡が垣間見られるバイオグラフィーになったとおもう。

この詩集を編集するにあたって、ななおの多くの友人からご支援をいただいた。とりわけ長沢哲夫（ナーガ）さん、内田ボブさん、そして森藤邦子さんには、最初から最後までお手伝いいただいた。ななおの旧友の画家、高橋正明さんには表紙絵をお願いした。思潮社の髙木真史氏には、すべてにおいてご相談にのっていただいた。この場を借りてご協力いただいた皆さまに心よりお礼申し上げたい。

遺言どおりななおの遺灰は、太平洋の潮流に乗り、そのスピリットは地球のエコシステムのなかで生き続けるだろう。

初めに　言葉ありき
言葉は　魔法
魔法は　イノチ
イノチは　ひたすら　歩いて
今日となり　お前となった
では

ななお

＊ななおさかきの遺言により、詩は「地球Ｂ ななおトラスト」が管理しております。お問い合わせは、earthb.nanao.trust@gmail.com まで。

◎ななお／ななお関連の主な書籍

日本語

『犬も歩けば』（野草社、1983年／新装版2004年）

『地球 B』（スタジオ・リーフ、1989年）

『ココペリ』（スタジオ・リーフ、1999年）

『亀の島』（スナイダー著、ななお訳、「亀の島」を発行する会、1978年）

対訳『亀の島』（山口書店、1991年）

英語

Real Play：*Poetry* & *Drama*. Santa Fe；New Mexico：Tooth of Time, 1981.

Break the Mirror. San Francisco：North Point Press, 1987.

Break the Mirror. Maine：Blackberry Books, 1996.

Let's Eat Stars. Maine：Blackberry Books, 1997.

Inch by Inch—45 Haiku by Issa. Albuquerque；New Mexico：La Alameda Press, 1999.（ななおによる一茶の英訳句集）

Nanao or Never. Maine：Blackberry Books, 2000.（ななおに会った人たちの“Nanao Story”を集めた本）

フランス語

Cass Le Miroir. Trans. by Patrice Repusseau. Pris：Mai Hors Saison, 1990.

チェコ語

Zéme B. Trans. by Jierka Wein. Praha：Odeon, 1991.

薪　ひとつ
燃えて　ココペリ
歩き去る

ななお さかき

ココペリの足《あし》あと

著者
ななおさかき

発行者
小田啓之

発行所
株式会社思潮社
〒162-0842東京都新宿区市谷砂土原町3-15
TEL03-5805-7501（営業）03-3267-8141（編集）

印刷・製本
三報社印刷株式会社

発行日
2010年8月1日　第1刷
2024年8月1日　第3刷